小学館文庫

月の下のカウンター

太田和彦

小学館

目次

一章　星屑の町

二章 東京の灯よいつまでも

三章　あの丘越えて

四章　山小舎の灯

*は文庫新収録

一章　星屑の町

場末の酒場にて

人はなぜ場末に郷愁をもつのだろうか。日本人には零落願望があるからではないだろうか。栄達や幸福を自ら遠ざける気持ち。日本人と断定はできなく、東洋人には、人間には、男には、かもしれないが。

世知辛い人の世で苦労してささやかな栄達を得るよりは、しがらみから離れ自由気ままに生きたい。栄達で得た地位や暮らしを守るのに汲々とするよりも、ままよと流され、零落に身をまかす。淋しいが、その淋しさもまた格別だ。たどり着いたところは場末の酒場。安酒をちびちびと口にはこび、今の境遇をじっと味わっている。これを風流と開き直ろう。世間も、女房も、家族も知るもんか。そんな落魄の日本文学がうけるのは零落共感者が多いからだろう。

これはまた漂泊、流浪願望だ。瓜生忠夫は映画「渡り鳥シリーズ」を評した「〝渡り鳥〟オンチャ論」(『現代日本映画論大系』冬樹社・第二巻所収)で、渡り鳥の主人公は長男ではないゆえに家督を継げない農家の二男坊・三男坊（秋田でいうオンチャ）であると喝破したが、一方、土地から離れられない農家の跡取りにとって、定職を持たず日本中を気ままに流れてまわる渡り鳥はあこがれのヒーローであったろう。小林旭はギター片手にふらりとやってきて、町の悪（多くは「農」の本である土地収奪トラブルの解決であるところが〝オンチャ〟たる由縁、という瓜生の論は卓抜）を退治し、町娘浅丘ルリ子の恋心を知りながら飄然と去ってゆく。酒場のダンサー白木マリも物陰で涙ぐむ。

車寅次郎もまた漂泊の人だ。テキ屋商売の旅先で恋をするが、必ずふられ、自らの限界を痛くかみしめながら別の町に流れてゆく。寅には葛飾柴又に迎えてくれる家があるが、それでもまた出てゆくのは漂泊願望にちがいない（心の恋人である妹さくらと一緒にいるのがつらい、という説もあるけれど）。車寅次郎が国民的ヒーローになったのもむべなるかな。旭も寅もヒロインは浅丘ルリ子であるのが興味深い。

種田山頭火の俳句はちっともよいと思わないが、彼の人気は乞食をしながら漂泊の人生を送ったところにあるのだろう。酒癖が悪く、金の無心などであちこちに迷惑をかけたようでもあるが。

——東北弘前。はしご酒を繰り返した私は、町はずれのどのあたりにいるのかもわからぬまま、赤提灯の下がる居酒屋のがたぴしの小さなガラス戸をあけた。酒のしみた小さなカウンター、合板の机に丸いパイプ椅子。壁には最終列車に赤線を引いた時刻表。おでん槽には残りものがいくつか泳ぎ、首にネッカチーフ、綿入りネンネコのお婆は身じろぎもせず、じっと座っている。

「酒、……おでん」

お婆は無言でガラス一合瓶をおでん槽に沈め、残りのおでんをさらい、私の前に置くと再び眠り猫のようにうずくまった。申し分ない場末の居酒屋だ。

当時煙草を吸っていた私は一服つけ、深々と煙を吐き出した。店は汚く、酒はまずい。おでんに箸をつけるつもりはない。古週刊誌はあるがテレビはなく、いや物音は何もなくシンとしている。お婆に話しかけても返事は期待できない。

自分はなぜここに居るのだろう。この場所も定かではない。ここに自分が居ることは誰も知らない。私は何をしているのだろう。何もしていない。ただここに居ることを味わっている。

居ることが安息なのであればここは天国か。天国とは汚いところだ。その汚い天国の、なんと居心地の良いことか。こうして私の流浪の居酒屋旅が始まった。

（『遊歩人』二〇〇七年）

〃オールドなにわ〃を訪ねて

難波、浪速、浪華、浪花、と書けば古い大阪の匂いが立ちのぼる。戦前の大阪〃オールドなにわ〃を訪ねる旅に出た。

午前中に大阪のホテルに着いて鞄をあずけ、身軽な支度で空気さわやかな町へ。建物好きの私はビル・ウオッチングから始めよう。大阪には魅力的な古いビルがたくさんある。

大正末期から昭和にかけ、大阪は商工業の目ざましい発展により〈東洋のマンチェスター〉とよばれて人口・面積ともに東京を上回り、日本最大・世界六位のマンモス都市「大大阪《だいおおさか》」となった。次々に建てられた近代ビルは今も残り、様式を押し出した装飾ゆたかなモダン大阪のレトロビルとして見応えがある。まず中之島へ。

大阪市中央公会堂は、大正七年、相場師・岩本栄之助の寄附により岡田信一郎設計のネオルネサンス様式で建てられた。赤レンガに白御影石、双頭の望楼にはさまれた大アーチの堂々たる偉容はまさに大阪のキング。

大阪一の盛り場、道頓堀の大阪松竹座は大正一二年の築。凱旋門のような大アーチの正面玄関左右に独立した円柱を配した優雅な意匠は大阪のクイーン。

御堂筋のデパート、大丸心斎橋店も見逃せない。大正期に欧米視察から帰国した当時の大丸社長・下村正太郎は、明治三八年に来日したアメリカ青年W・M・ヴォーリズに心斎橋店の設計をまかせ、大正一一年から昭和八年にかけて完成した。雪の結晶のような六角形モチーフのアールデコ様式の精緻なディテールは、大仕事を与えられた新進建築家のアイデアがほとばしり、エレベーターホールや階段室の大理石大柱に仕込まれた照明の美しさにため息が出る。

私のもうひとつの趣味は橋ウオッチング。江戸期水運社会の〈なにわ八百八橋〉は明治に入り近代の橋に変わる。大正一〇年に開始された第一次都市計画事業は堂島川・土佐堀川にはさまれた中之島にパリの街づくりをイメージし、セーヌ川のシテ島になぞらえて、橋は「優美」と「橋上からの眺望」を重視した。

もっともスケールが大きいのは中之島上流の難波橋だ。大阪市章を彫り込んだ親柱・高欄《こうらん》は、東京の日本橋（明治四四年架橋）の東京市章楯に脚をかける獅子に呼応するように阿吽のライオン像を配し、ライオン橋とよばれるようになった。中央に設けた中之島公園に降りる相称のバルコニー階段は「豪奢」。垂直橋脚四連アーチの水晶橋は「瀟洒」。橋途中に丸い小バルコニーを置いた大江橋・淀屋橋は「華麗」。ひとつ下流の錦橋は抑制が上品な「典雅」。水晶橋と錦橋は自動車の入れない徒歩専用橋で、これも大阪人の橋好きのゆえだろうか。帝都東京に対し大阪は水都。この五つを「なにわ五橋」とよびたい。ライトアップされた夜の橋は、カップルならずとも必ず足を止めるだろう。

建物と橋のウオッチングを終えて昼ご飯は道頓堀の「大黒」へ。創業明治三五年の老舗ながら、赤提灯に「かやく御飯」のさりげない店構え。池波正太郎は「どこの家庭の日常にも食膳に出されるような変哲もないものが、これほどにうまいのは、やはり大阪」と書いた。かやく御飯は大中小の三サイズ。汁は〈すまし汁、赤味噌、白味噌〉と〈はまぐり、豆腐、玉子〉を組み合わせて選ぶ。おかずはいろいろ、冬はかす汁が楽しみだ。

「かやく中、白味噌で豆腐、カレイ煮付、なす丸煮」

「へえ、おおきに」

机の大きな土瓶からお茶を汲み、しばし待つ。背に「大黒」の字を透かした椅子。

隅の手洗いには真っ白なタオル。古風な網代壁に床が少し傾いているのはご愛嬌。白木の机はよく拭かれ、浮き出た木目の手触りがいい。大袋に寄りかかるブロンズの大黒様が笑いかける。

「お待たせさん」

ひとくち吸った白味噌豆腐汁に大阪に来た実感がわく。豆腐のほかに薄切り椎茸と緑の三つ葉の香りがいい。昆布と鰹節の出汁で油揚・牛蒡・コンニャクを入れて炊いたかやく御飯は青海苔粉がぱらりと振られ、汁とご飯だけで何もいらない感じだ。時分どきを過ぎた店は近くの年配会社員が三人、遅い昼ご飯か。毎日来ているのかもしれない。

食後はコーヒーだ。本町オフィス街の「平岡珈琲店」は大正一〇年創業の関西最古参。大阪のコーヒーは濃いのが特徴で、開店以来伝統の平岡ブレンドはモカの輸入が途絶えて在庫も終わり、ことし創業八八年三代目にして平岡ニューブレンドになった。〈森の香りを思わせるグリーンノートを基調に……〉という説明どおり、澄んだミストを感じる苦みはオードリー・ヘップバーンが森の妖精に扮した映画『緑の館』を思わせる。

今やチェーンコーヒー、カフェの時代だが、ここは懐かしい昔ながらの喫茶店。しへ。こちらは昭和九年の創業。スタンディングカウンターのゆるやかなカーブにぴたりと並行する真鍮パイプ、同じく足乗せバーは常にぴかぴかに磨かれ、落ちついた英国風バーの空気をつくる。クラシックな衿なし白バーテンダーコートも大阪のバーらしく、氷なしハイボールはたっぷりと濃いが大阪人にはお茶がわりだ。お決まりのお通し、皮付き南京豆も変わらない。

オールドなにわは温かな人肌を感じさせた。古いものは心を落ちつかせる。昼ご飯もコーヒーも、居酒屋もバーも、戦前からの店が何も変えずに日常的に使われて、老舗名店などと立派ぶらないところが好きだ。古くても、権威には絶対ならない庶民の心意気。オールドなにわに心惹かれるのは、その浪華魂にあるのだろう。そんな感慨がわいてきた。

*「明治屋」は地域再開発のため、近くの「あべのウォーク」に移ったが、旧店舗と全く変わらない店内は全国のファンを感涙させた。

（機内誌『SKYWARD』二〇〇九年）

名古屋「大甚」を知らずして居酒屋を語るなかれ

名古屋、目抜き通りの交差する広小路伏見角。黒い丸太を並べた外壁に掛けた箱に「大甚《だいじん》」の切り文字が鎮座する。開店の四時前から「酒」の紺暖簾を分けて客が入り始め、柱時計が四つ打つと店内が明かるくなり、座って待っていた客がいっせいに立ち上がる。

目当ては大机にぎっしり置いた様々な肴だ。鯛の子煮、かしわ旨煮、寒ブナ煮、小芋煮、オクラごま和え、海老とキュウリの酢の物、ポテトサラダ、等々季節により変わる小鉢が常時四〇種あまり並び、好きなものをとってゆく。減ると大皿から次々に追加され、そのうち炊き上がっためじろ（穴子）煮などが湯気を上げて届く。奥のガラスケースには時季の鮮魚が並び、刺身、焼魚、煮魚、てんぷらのあらゆる注文に白衣の板前が応え、料理されて運ばれる。炊き立ての煮魚は人気だ。

毎朝八時から総出で仕込む肴は、小鉢一品二〇〇円、三〇〇円ながら酒の肴としての完成度は極めて高く、昔に比べ薄味になったというが名古屋らしい濃い味だ。白身、赤身の鮮魚も質が高く、例えば今日は鮎がぴかぴかに光り、私は稚鮎と成鮎を塩焼で二度注文した。

私がもっともこころ惹かれるのが、玄関を入ってすぐ左の赤煉瓦かまどの酒の燗付場だ。青竹タガもきりりとした白木の四斗樽をでんと据え、木栓をひねり、錫の特大片口に受け、じょうごで七〇本余りの徳利に小分けする。竈《かまど》の大きな羽釜には常に湯が沸き、開店以来使い続ける古風な風格の名入り徳利を何本も沈めて燗をする。盃は隣りの鍋の湯に沈んで温まり待機する。お燗にこれほど正面から取り組んだ燗付場はなく、その燗酒の味は日本酒究極の絶品だ。常連の燗具合は熟知。名古屋ではぬる燗のことを鈍《どん》燗と言い、「〇〇さん、どん」と注文が通る。

酒は、広島「賀茂鶴」の大甚専用タンクから樽で運ばれる樽酒で、四斗樽が一日で空になる。壁の賀茂鶴の感謝状〈貴店は戦前戦後を通じて、賀茂鶴拡大に並々ならぬ……〉にリアリティがある。

昭和二九年、「小さな店（の工事）はやらないが」という竹中工務店に特に頼んだ建物は、階段床は欅、壁腰板は檜、地震がきてもうちだけは残るでしょうという頑丈なものだ。今は重厚に黒光りし、合わせて作った厚さ一五センチもある檜一枚板のいくつもの大机、椅子も全くガタはなく、しっかり作り、ながく使う見本だ。二階の小上がりは小さな卓が自在に使え、通りを見下ろす窓に向いたカウンターも人気がある。

毎日来る客は数知れず、というか殆どが毎日来る常連で、四日市の九四歳の歯科医の方は二合弱入る一本と少しを飲んでお帰りというから立派なものだ。この店の名声を聞いて初めてやってきたとおぼしき客も多く、しばらくはぼう然としているが、やがて慣れ、心から満足している様子がよくわかる。ここ五、六年は女性客もずいぶん増えた。

創業明治四〇年。愛知県海部郡大治村で地酒大甚の名をとり山田徳五郎が始めたが早世。継いだ妹ミツは店を名古屋に移し、才覚と人柄は多くの客に慕われて隆盛の基礎を作り、働き詰めて五〇代で亡くなった。今は額の写真から店内を見ている。現在店を差配する主人山田弘さんは徳五郎の孫で、つるの太いシャネルの眼鏡と胸の栓抜きをトレードマークに、毎日バイクで河岸に通う。御歳七〇というが、若々しい艶、声の張りは五〇代だ。奥様良子さんは不動のお燗番で信頼厚い。息子さん二人が板場と二階を担当する。

良心的な主人とそれを愛する客が、長い年月をかけて作り上げ、その町の心の拠り所となった居酒屋こそ真の宝だ。通人の通う高踏的な店ではなく、大きな大衆酒場であるところに絶大な価値と誇りがある。
いい酒、いい人、いい肴。歴史、良心、覇気。この秋開店一〇〇年。「大甚」を知らずして居酒屋を語るなかれ。すべてにおいて日本の居酒屋の頂点。

（『ｄａｎｃｙｕ』二〇〇七年）

南国高知の居酒屋は開放的

高知桂浜を眼下に、はるか太平洋の彼方に茫洋と目をやる坂本龍馬の巨大な銅像を見上げると、いつも胸が熱くなる。昔も今も高知は男女の別なく雄大に語り、盛大に酒を飲む。酒の上の失敗は武勇伝という、日本一の酒に理解ある県だ。

南国高知の居酒屋の特徴は開放的なこと。その代表的居酒屋「とんちゃん」は惜しくも平成二〇年に店を閉じたが、どっこい堺町の「葉牡丹」は健在だ。五〇年以上も前に屋台のような小さな店から始め、今や一階二階の大型店になった。午前一一時から午後一一時までのぶっ通し営業で、夕方四時にはすでに超満員となり座敷は宴会開始（まだ四時ですよ）。海坊主頭の主人一人に大勢の元気なおばさんたちがてきぱきと店を仕切り、「どうせ飲むんだから」という割り切りがいい。

繁華街廿代町の「魚福」も大きな居酒屋で、一階の大きな生け簀には高知でしか見ない魚や海老がうようよ泳ぐ。高知名物のタタキはカツオだけではない。ウツボのタタキ、土佐清水の鯖のタタキと合わせて高知のタタキ三連発といこう。「皿鉢《さわち》」「鯨ウネスのすき鍋」「ちゃんばら貝」まで土佐の代表料理がずらりとそろい味も最高の、高知で最初に入る居酒屋に最適だ。

落ちついた大人の店なら、最も密集した飲み屋通り55番街の、創業八〇年になる即席割烹「タマテ」がいい。座敷がメインだけれど、玄関すぐの寄り付きカウンターで白割烹着の三代目美人女将を相手に気楽に名料理を味わえる。魚の〈生ちり〉、季節の〈どろめ〉、割烹の正調カツオタタキに、〈カツオ茶漬け〉が〆に最高だ。

通りをはさんだすぐ前の古い居酒屋「一軒家」も味わい深い。戦後すぐのこのあたりではほんとに一軒家だったそうだ。すすけたベニヤ天井に年期の入った厚いカウンター。〈マグロのすき身〉や大根おろしたっぷりの〈ハランボ焼〉で、優しいお母さん相手にしみじみ一杯やるのは旅情がわく。

はりまや町の「くもん屋」は実直な主人と奥さん、娘さん二人の気の置けない居酒屋。仁淀川の〈手長エビ唐揚げ〉が（漁があれば）食べられる。カツオと並ぶ高知に欠かせない食材はニンニクだ。青蘇（せいそお＝青紫蘇葉）に薄切りニンニクスライスをいっぱいに敷き、茄子の素揚げをのせ鰹節と葱を山盛りした〈茄子ニンニク天〉は野菜なのにスタミナがつく。〈ニンニク玉子〉はニンニク入り出汁巻き。〈土佐巻〉

はカツオタタキ・青蘇・ニンニクの太海苔巻きで高知の寿司屋はどこもこれを出す。

追手筋一丁目の「京や」の名物〈椎茸タタキ〉は椎茸の唐揚げ・玉葱・茗荷を酢橘《すだち》とポン酢であえたおいしいもの。ほっこり焼いた小魚〈メヒカリ〉、昔からある〈サメの鉄干し〉も郷土の味。高知は海も山も食材豊富だ。

繁華街から離れた「宵まち横丁」は細路地両側に小さな飲み屋がずらりと並ぶ地元の飲み屋横丁。その一軒「黒尊」の〈カツオ塩タタキ〉こそ高知のタタキナンバーワンの呼び声高いが、小さな店は常に予約満員でなかなか入れない。一番奥の「大衆割烹ときわ」も古い店で二〇、二五、三〇周年の記念写真がこの店のながいファンをものがたる。名物〈カツオ薄づくりタタキ〉は軽く食べやすい。

高知城を西へ回った「かんざし」は川端にぽつりと立つ一軒家の風情がよく、美人姉さんとひげ面の好漢の二人がマイペースで続ける居酒屋。新鮮刺身と、頼めば作る〈ニンニク味噌タタキ〉が酒の肴に最高だ。

タタキだけでもこれだけある。夜一〇時を回ってもまだ宵の口。第二部、屋台がずらりと待っている。おでん、餃子でまだまだ飲むぞ。書いても書いても書ききれない。

南国土佐は日本一の酒飲み天国だ。

＊「魚福」は閉店（『ミーツ・リージョナル』二〇一〇年）

春雷、新潟出雲崎

新潟出雲崎に行く前に、清酒「越乃寒梅」の石本酒造にお邪魔した。新潟市内からはずれたひなびた町に高い木立に囲まれ、よく手入れされた美しい垣根はこの北山地区特有の「くね」という竹穂垣なのだそうだ。地方の酒蔵は代々続き、その地の風景をつくっていることが多い。石本酒造は明治四〇年創業。越乃寒梅は新潟から始まった地酒ブームを象徴する〝幻の名酒〟といわれ、今もその神話は残っている。

蔵を見学させていただき、今年の寒仕込みの様子を聞いていると、外で「ゴロゴロ」と短い雷が鳴った。これは冬の訪れを告げるもので、中越地方は〈雪おこし〉、下越地方は〈雪おろし〉、金沢では魚のブリがやってくる合図で〈ぶりおこし〉と言うそうだ。

「越後の一つ雷と言って、一回しか鳴らないんですよ」

ゴロゴロゴロと続かないのが特徴と若い社長さんが笑った。

冬の日没は早く、車が出雲崎に着くともう真っ暗になっていた。ゆるやかに曲がる一本道はあきらかに昔の街道だ。車のライトが両側の切妻木造の家を延々と照らし出す。出雲崎町は江戸時代徳川幕府の天領となり、佐渡島の金の陸揚港、また北前船の寄港する北国街道の港町として栄えた。その名残りがこの「妻入り」の家並みだ。

やがて海を感じてきた。少し前から気づいていたが遠い海にしばしば稲妻が走り、一瞬の閃光が海上を大きく照らし出す。雷鳴は聞こえない。山国信州で育った私は子供の頃、夜の山並の稜線が稲妻でくっきり浮かび上がる光景をよく眺めていた。あれは新潟の方角だったのだろうか。家並みからもはずれ、ようやく地魚の店「海彦」に着いた。明かりを煌々と灯す大きな家が頼もしい。車を降りると海から打ち寄せる波音がざあざあと聞こえた。寒い。

スキー場ロッジのような木組みの家の真ん中に赤々と燃える石油ストーブがありがたい。手をこすり尻を温め、高い天井を見上げた。

「ぜんぶ手作りですよ」

ご主人はここを始めるとき軍資金が足りなく、近所の製材所にこの製材所建物と同じものを作ってくれと頼み、たいへん安く上がったそうだ。都会の人はログハウスと言ってくれるんですが、そんなしゃれたものじゃないと笑うけれど、何もかも木の、それも銘木ではない間伐材の空間は自然の安心感があり、意外に苦心したという昔の磁器碍子《がいし》を使った電灯配線がいい。

天井から下がる白布の魚拓が巨大だ。魚名「オヨ」、正しくは「オオクチイシナギ」。体長一五六センチ、体重六四キロは私よりも目方がある。昨年一〇月に捕れた出雲崎港始まって以来の大物を、主人は一二万円で落札。すぐに刺身配達のチラシを作成、一盛五人前に三〇件ほど注文があり、残りは食べる会を開いて食べ尽くし、結局二〇〇人くらいの口に入ったのではないかという。真空パックにして残した尾からもその大きさがわかる。

主人によると出雲崎港に揚がる魚が別格に味がよいのは、他の港の三倍以上も氷を使い鮮度維持に細心の注意を払うからだそうだ。水揚げされた魚は分秒単位で刻々と味がおちてゆく。それを最大限に守るために、セリ落とされた魚を待つのではなく自らセリ落とす仲買人の資格もとった。すべて出雲崎港で揚がった時季のとれたて魚が一八品も並ぶコース料理は八四〇〇円。驚きはお泊まりになりたい方は隣りの宿が無料、そのうえ朝食つきというシステムだ。

料理がすべて並んだ様はまさに壮観の一語に尽きた。これは到底食べきれないと覚悟した私は好きなものを一皿ずつきれいにしてゆくことにした。合間に口にする越乃寒梅のお燗がおいしい。出来立て鮟肝のきめ細かい味と香り、注文製塩の天然塩を使った真鯛尾頭の塩焼、前の浜で採れたねっとりしゃっきりの歯応えの岩もずく、味の濃いみっしりの身肉が尽きない大きな渡り蟹、塩で食べる可憐な小やりいかの陶板焼、身肉臓物たっぷりの鮟鱇鍋のおつゆ、などなどは今も味を思い出せる。

満腹の腹を休めに夜の海に出た。砕ける波音はさらに耳を聾し、闇の空に星が美しい。暗い海の先には佐渡島があるはずだ。

——荒海や佐渡によこたふ天河

出雲崎を訪れた芭蕉の見たままの風景が目の前にある。その荒海を一瞬に照らし出す稲妻の壮麗なショーを、私は飽かず眺めていた。

＊「海彦」は閉店。（『一個人』二〇〇六年）

鉄輪温泉の蒸し湯は天国

　暖かいと思っていた大分は雪で、そのまま別府に直行した。鉄輪温泉に近づくと寒空に町中のいたる所から湯気が上がり期待が高まる。かねてより入ってみたいと思っていた共同湯「鉄輪むし湯」は、道の脇にさりげなくあった。小さな木造平屋でかなり古い。説明板に、鎌倉時代一遍上人が九州行脚のおり鉄輪の地獄泉を見て、石風呂の手法によりこの蒸し湯を作ったとある。どういうものかわからず番台のおばさんに尋ねると、まず裏の洋品店でトランクスを買ってくれと言う。はてな？　その「安楽屋衣料店」がこれまた古く、話を聞いた。

「昔は、女は黒ブルマー、男はふんどしね」

「ということは、混浴？」

「そうよ」

　ははあ……。

浴場の土間に一遍上人の立派な木像が祀られ、菖蒲のような鉢植は薬効のある草「石菖」とある。男女をカーテンで仕切っただけの簡単な板の間で裸になり、言われた通りに脇の風呂湯で軽く体を流してトランクス一丁になったが、次がわからない。

「蒸し湯はどこ?」

「ここ」

叩いたのは番台うしろのコンクリートの高床だ。あ、この中か。下のにじり口のような木戸から四つんばいでもぐり込むと、戸が閉められた。天井高一メートルほどの石室に弱い電灯が一つあるが、ほとんど真っ暗だ。もわんとした熱気の中に誰かいるようでもあるがわからない。床には一面に石菖が敷き詰められている。枕に使えと言われた丸石を手探りで見つけ、手前にタオルを敷き横たわった。

ふう、思わず一息。サウナのようなものだが、干し草となった石菖のお茶を焙じているような匂いが鼻腔を満たし、まさに「草の褥《しとね》に寝ころんだ」自然な安らぎだ。暗いのがいい。やがてじんわりと、そしてたっぷりと汗が出はじめ、体の毒素がどんどん流れ出てゆくのを実感。これは天国だ。

上がるとすっかり体が浄化されていた。痩身の老人が持参の堂々たるふんどし一本になり「ああ、また脚がようなる」と入ってゆく。かつてここで湯治した傷病兵などが治癒すると、それまで使っていた松葉杖を献上して帰ったそうだ。日本の風呂はもともとはこういう蒸し風呂だったという。この古式ゆかしい鉄輪むし湯も新しい建物に直すと決まり、ここは壊されるというのが惜しい。冬の日に最高の安楽を味わった。

夜になり大分「こつこつ庵」の前に立った。大分合同新聞の総ミラーガラス高層ビルを背に、大きな切妻二階建てをホーロー看板で埋め尽くした梁山泊のごとき様相は、初めて訪れたときから何も変わらない。私はこの店を気に入り『居酒屋かもめ唄』(小学館文庫)にご主人松本さんのことを書いた。

「こんちは」

「お、いらっしゃい。今回は何ですか?」

「いや、酒飲みに」

「あっははは、結構ですね」

ジャズプレイヤー坂田明氏に似た、愛嬌のある笑顔を見るだけで来たかいがある。

麦焼酎「こつこつ」のお湯割りに大分名産のカボスを絞り入れるとぱっと柑橘の香りが立つ。私の最初の注文は必ず、刺身を醤油・みりん・煮切り酒とたっぷりのゴマのたれに漬けた大分郷土料理の傑作「りゅうきゅう」だ。ここのは関鯖だから上等だ。

店に流れるのはジャズだ。松本さんは若いときジャズマンを目指したが果たせなかった。しかし近年念願のアルトサックスを購入し、夢を追いかけている。

「練習してる?」

「いやあ、店が忙しくてなかなか」

頭をかくが、夢が手に届くところにある満足感がいい顔にさせている。店中に置いた膨大な昭和の蒐集品、ラジオ、カメラ、時計、ランプ、レジスターなどは全く見飽きない。今でこそ世は昭和レトロブームだが、松本さんは、はるか昔から価値を認めて集め続けてきた。その無償の情熱の生みだす空気が店の居心地の安心感になっている。

訪れた客が書いてゆく和綴の「楽苦書帖」はじつに二七二号だ。

「親方の顔がなにより味一番。横浜N」

「念願かなって大分老夫婦の旅。地元の名物に舌鼓でした。千葉県H」

「生まれて初めて大分に来ました。だんご汁の味は絶対忘れません。三十代半ばの勝ち女の会」

自分の夢を追うおおらかな雰囲気が、客を幸福にさせていた。

(『一個人』二〇〇六年)

伊勢海老と高知芸者

高知市の南西、横浪三里と呼ばれる浦ノ内湾の南側、太平洋に面した池ノ浦港は、山に囲まれた底の四〇世帯ばかりのほんの小さな港だ。湾をまたぐ宇佐大橋と道路・横浪黒潮ラインができるまで外との主交通は船だった。リアス式の湾は伊勢海老の宝庫で、古来より高知のお大尽は船を仕立てて海老を賞味にここに来た。

午後の小港は閑散として猫がのんびりと横切る。手拭姉さんかぶりのおばさんがぶつ切りするアマギという鯵に似た魚は、伊勢海老を活かす海の網囲いの餌という。帰って来た船は息子さんだ。午後三時ごろ網を仕掛け、翌朝はやく揚げる。多いときは一〇〇尾以上もかかるが小さなものは海に返す。海老を食べに来たと言うと、その店はうちの本家ですと笑った。

海老料理屋「中平」は伊勢海老の網元で、三〇年前に道路ができてから料理屋を始めた。小部屋からすぐ見える船だまりを高い防潮堤が囲む。「台風の時は、ほんますごいです」大高波は軽々と防潮堤を越えるという。

届いた伊勢海老は体長およそ三〇センチ。一〇年ものの甲羅は黒っぽい海老茶色が艶を帯び、戦国時代の甲冑か窯変天目茶碗のようだ。甲羅を開き千切り胡瓜にのせた刺身は透けるように白く、ぷりぷりと締まり、清らかな甘みがする。都会の伊勢海老は時として大味で臭みを感じるが、これは全く汚れのない無垢だ。

合わせる酒「酔鯨」がうまい。陸路ができてからはお大尽遊びよりも、家族客が正月や嫁婿を迎えた祝いなどで来るようになった。伊勢海老はやはり慶事の最高のご馳走なのだろう。


夜、高知市の料亭「臨水」に遊んだ。古い木造総二階の灯が前の鏡川に映る様を対岸から見たらさぞ美しいにちがいない。

通された「思い出の間」の豪華さに目を見張った。〈山内一豊公お国入り由来記〉を透かし彫りした欄間は、延々と続く道中を極彩色に彩り、見上げる格天井も絢爛たる彩色花鳥、床柱も総彫刻だ。続きの間はなんと忠臣蔵一代記で、松の廊下や一力茶屋、討ち入り、泉岳寺行進の赤穂浪士名場面が欄間、床柱に極彩色で彫刻される。

この建物はアメリカの艦砲射撃で焼けた一五代山内容堂の下屋敷跡に昭和二三年に

完成した。普請には戦時中は途絶えていた本建築仕事を待ちわびたように宮大工や画工、彫刻師が結集し、高知大教授郷土史家の監修のもとに心血を注いだという。郷土の山内一豊はわかるとして、赤穂浪士は、先代が古き高知の灰燼を嘆き「この恨みいつかは…」の気持ちをこめ「帰忘の間」としたのだそうだ。大広間「月の間」にはからくり仕掛けもあるという。

豪華なのは部屋だけではない。緋毛氈を敷いた卓上の料理の豪華さ。生《な》ま物、組み物、二つの特大皿鉢は、高知の豊かな食材が海山のように立体的に盛り上がる。「まあまあ飲まんと始まらんき」見とれる私に女将は酒も飲まずに何をしとるという顔だ。「それ一気！」と早くもハイテンション、ちびりとやる私がもどかしいらしい。

――それから三時間。黒い着物の粋な女将二人、朱の着物の若い三人（お助けレディーズの恭子ちゃん・智美ちゃん・実香ちゃん）、みるからに洒脱な三味線地方《じかた》の松子さんと、飲むわ、歌うわ、踊るわ、寝ころぶわ、跨がるわ……。

はじめは取りすましていた私もたちまち形なし。可杯《べくはい》、箸拳《はしけん》はもちろんのこと、ジャン拳遊びでも、相場拳、花拳、軍師拳、集合拳、八百屋拳、ちょっきり拳など数知れず、負けたら飲むのがお約束。私が気に入ったのは屏風を間に左右に隠れた男女が、虎は加藤清正に負ける、清正は老母に負ける、老母は虎に負けるの三すくみで、槍、四つんばい、杖の格好を作り、のっそり出てきて勝負する虎拳で、これはやるのも見るのも腹をかかえる。

あまりに笑った涙とともに「酒飲んだら遊ぶ、それが高知」の女将の言葉に感動を覚えた。このおおらかさが幕末維新の英雄を生んだのだと思った。

（『一個人』二〇〇六年）

沖縄の薬草野菜

第一牧志公設市場二階食堂街奥「きらく」の小上がりに座り、すぐさま注文した。

「ナーベラみそ炒め、テビチ、ソーメンチャンプルー、島ラッキョー、それとオリオン生」

沖縄那覇に来ると必ず最初にここに直行する。壁を埋める六〇〜七〇種はある品書から、いつの間にか私の定番が決まった。

ングングング……。

喉も裂けよとオリオンビールを流し込むと、後は無我夢中で皿の料理を食べ尽くすだけ。薄い味噌味のついたナーベラ（ヘチマ）の甘みのある水分は食欲を引きだし、湯気をあげる巨大なテビチ（豚足）は箸でほぐれ、しゃぶる口から次々に複雑な関節の骨が出てきて、唇がゼラチンでパッと乾く。ソーメンチャンプルーの優しい口当たりは気持ちをやわらげ、合間につまむ島ラッキョーの刺激が次への食欲を戦闘的にかきたてる。仕事の疲れに二日酔いが重なり困憊していた体が、静かに確実に回復してゆくのがわかる。やはり沖縄の食の実力はたいしたものだ。

二階食堂街は「さかえ食堂」「ツバメ」「次郎坊」「道頓堀」「きらく」の五軒が仕切りも何もないままフロアに椅子机を並べ、ぎっしりの客で埋まる。隣りの丸テーブルを囲むおじい、おばあ、父母娘孫たちの、大皿山盛りのソーメンチャンプルーを次々に自分の皿に取り、もりもり食べてゆく光景は、山盛りスパゲティをどーんと置いたイタリア映画の大家族の食事場面のようだ。「食べる」とはいかに健康なことか。「個食」などというひ弱な言葉はここにはない。

一階市場はいつもと変わらぬ盛況だ。日本の市場はいくつも歩いたが、ここは明らかに他所とは違う。原色鮮やかな魚、海老、緑濃い野菜。巨木筒切り丸太を立てた俎板で豚足が次々にカットされる。サングラスをかけた豚の頭に旅行の娘たちが「きゃー、うそー」と声を上げる。

店のおかあたちは、時季の島ラッキョー剝きに余念がない。頃は「うりずん＝潤い初め＝春に大気や地に潤いの増す頃」。夏に向かい植物は成長を加速する。空港発モノレールから見下ろす樹々は、春の雨上がりにあざやかに緑を光らせていた。

沖縄の人気はたいへん高く、単なる観光旅行から引越し定住するまでになった。私の周りにも定年後は沖縄に住みたいという人は多い。私も何度来ているかわからない。閉塞したヤマトから脱出し、暖かな地で本来の人間性にかなった生き方をしたい気持ちが、そうさせるのだろう。

湿り気を帯びた生暖かい風を頬に心地よく感じながら壺屋町を歩くと、低い土塁が手押しポンプ井戸を囲んでいた。水神のような置石から幾本もの幹をからませたガジュマル大樹がそびえ、根方には青々と植物が茂る。

〈東《アガリ》ヌカー：村ガー＝共同井戸のひとつ。三〇〇年前、村ができて掘られた最初の井戸。壺屋町の大きな拝所〉と説明がある。井戸を囲む小さな場所はそこの人々の文字通り拠り所だった。こういうものを大切に守り残す心が好きだ。ポンプを押すと今も豊かに水が噴き出してきた。

夕方、居酒屋「ゆうなんぎい」に入った。「ゆうな」は、朝は黄、昼は赤に変わり、夕方には落下する一日咲きの花で、店名は「ゆうなの木」の意だ。開店は一九七〇年と古く、一九七二年の本土復帰までは品書は円ではなくセントで書かれていた。

「郷土料理と泡盛の店を開いたんですが、何も工夫がない、そんなものに誰が金出すと、皆にバカにされ恥ずかしかったです」

ご主人が言うけれど今や沖縄料理は大人気だ。食材もいくらでも手に入るようになり、こんな時代が来るとは思わなかったとしみじみとうなずく。

写真撮影の料理を一堂に並べ、黒・緑・茶・黄・赤・白などの濃厚な色に目を見張った。日本料理は色合いを尊ぶが、京懐石の淡い日本画ふうに較べると、これは油絵・野獣派のマチス、ゴーギャンの色。それは素材の自然の色の強さだ。

昼の営業を終え、店の人たちは全員で懸命に食材の仕込みだ。緑濃い野菜の匂いが強烈に生命力を放つ。昔は野菜なんてものはなく、庭やあぜ道の野草を採って使っていたが、じつはそれは皆薬草で、うまいまずいではなく食事には習慣として入れるものだったそうだ。お腹をこわすと母が庭のニガナを青汁に絞り、脇に黒糖を一個おき、飲み終わるとすぐ黒糖を口に入れてくれたと、ご主人の奥さんが懐かしむ。

奥に子供たちが野外でみごとな組体操をしている古い白黒写真が飾られている。体操着で写る先生はご主人の父・辻野正彦《せいげん》氏だ。辻野先生は戦前沖縄師範を出ると石垣島の尋常小学校に赴任し、物のない時代に、鉛筆や帳面のない子には買い与えて熱血先生と言われたが、敗戦後、軍国主義教育を行った責任をとり、きっぱりと教職から身を引いた。

「それがわが家の貧乏のはじまりでした」

ご主人は苦笑するけれど、目にはそんな父への尊敬がうかがえる。家族による喜寿、米寿の祝いは「いらん」と言ったが、教え子たちの申し出は喜んで受けた。戦前の教え子は皆、一生恩を忘れないと慕い続けたという。

風土に根ざす食と母の智恵、信念を通す精神。どちらも今の時代に忘れられている。沖縄への憧れは、我々が失った大切なものへの憧れではないだろうか。

（『一個人』二〇〇六年）

灘の宮水とイカナゴ

日本酒は米と麹と水で造る。この単純な材料から千差万別の日本酒ができる。もちろん技術はあるけれども、まずこの三つの良質を求め、各蔵はその手当てに腐心する。酒造りで最も有名な水は灘の宮水だ。その地を訪ねた。

昔も今も日本酒の最大生産地である灘は、六甲連山と海の間に並ぶ今津郷・西宮郷・魚崎郷・御影郷・西郷の〈灘五郷〉からなる。その西宮から湧くのが、西宮の水〈宮水〉だ。灘の大手酒蔵は今やどこも大きなビルだが、水だけは地面に穴を掘りステンレスの蓋をかぶせた井戸が延々と続き、あたりは一種神聖な静寂が支配している。生垣で囲まれた〈宮水発祥之地〉の碑の脇の、石に囲まれた井戸からこんこんと水が湧いていた。

「いい日においでなさいましたね」

酒造会館の前嶋さんが言うのは、今日は検査のための汲み上げ日だからだ。

江戸時代、灘の酒は暑い夏が過ぎると「秋おち」といわれ味が変わってしまったが、西宮の酒だけは逆に味が冴えて豊潤になり「秋晴れ」と賞賛された。天保一一年（一八四〇年）、櫻正宗の当主・山邑太左衛門は西宮郷と魚崎郷の酒に差があると気づき、同じ原料米を二等分したり、杜氏を交替させたりして、差の要因が水にあることをつきとめた。これが宮水の発見となり、爾来灘の蔵はこぞってこの水を使い、「水屋」という商売も現われ、質量ともに日本一の酒生産地となった。今はタンクローリーで運ぶ。

「飲んでみませんか」

奨められて手で掬い口に入れた。

「特徴ないでしょ」

何とも表現しかねる私を見て、前嶋さんはカラカラと笑った。

「ところがこの水に力があるんですよ」と、見る目がいとおしそうだ。

このあたりはかつて浅い海底で、六甲山系に降る雨が伏流し、海底だった砂層の貝殻や海藻をくぐり、多量のカルシウム、リン、カリウムを含む硬水として湧出する。この成分が酒造りの酵母を活発に育て、麹の糖化に〝よく走り〟、普通よりもたいへん早く二〇日位で酒ができる。新酒は荒っぽく落ちつかないが、夏を越すと力強く成熟した「男酒」になる。

貴重な水を守るため大正一三年に「宮水保護調査会」が作られ、毎年二月と七月に定期採水して分析データを保存する。宮水の水脈に当たる井戸は二〜三メートルと浅く、それよりも深く掘ると水質が変わるため、この地域で高層建築を建てるときは調査会に諮問し、地下埋設杭には穴を開けて水脈の分断を防いでいるそうだ。

古来、灘が酒造りに適す理由に七つがあげられた。

①寒造りに適す「六甲おろし」の寒風（そのため蔵は東西に長く建て、北窓を多く付ける）

②酒造りに最適な宮水

③近接地の播州米（とくに山田錦）

④六甲山急流による水車精米（米の高精白）

⑤樽、桶に使う吉野杉良材

⑥勤勉な丹波杜氏の技術、労働力

⑦海上輸送に便利な港がいくつもある（東下り樽廻船の新酒一番乗りは江戸っ子を熱狂させた）

酒造りの温度管理や動力、輸送は近代化されたが水だけは昔のままだ。元禄年間の

『本朝食鑑』にも「酒造りはまず水を求めよ」とあり、「アクアビット」「ウスケボー」など、酒を「命の水」と表わす言葉は世界中にある。

私は気になっていることを尋ねた。

「震災のときはいかがでしたか」

「心配でとんで来ました。午前中は白濁してましたが午後からは澄み、安心しました」

何千年も前から続いている水がそう簡単に涸れるわけがないと知ったと言う。

「しかしその後です」

ライフラインたる水道は断水してポリタンクやヤカンを手に水を求める人が長蛇をなし、酒造組合は非常事態にポンプをフル稼働して神戸市民に給水を続けた。

「あのときほど、宮水の有難さを知ったことはありません」

井戸は偉い。まさに命の水になったのだ。


夕方、魚菜料理「かねう」を訪ねた。頃は桜鯛の季節。瀬戸内の海峡で身の締まった明石鯛は日本一。その鯛の〈白子ぽん酢〉がある。思いのほか大きなぷっくりしたもち肌の白子を、酢橘を搾ったぽん酢に浸して口に。絹のような滑らかさ、濃厚でいて上品な色気、清潔な後味は平安の貴族と言えようか。関東では殆ど見ない。

「昔は市場でもらえたんですが、いまはいい値段です」

若主人が言う。瀬戸内の春を告げるもうひとつ〈飯蛸煮〉は、飯（卵）をみっしり抱いてたいへんおいしく灘地酒のぬる燗がぴったりだ。

「昨日あたりから市場は、イカナゴ一色ですね」

今の時季だけに上がる小魚イカナゴが出ると家庭の人が市場に列をなして買ってゆき、ザラメ、醬油で炊いて、他県の親戚や子供たちに一斉に送るのだそうだ。

「それないの？」

「ここにはありません」

イカナゴの〈くぎ煮〉は各家庭で秘伝を持ち、ヘタに作って出して、これはウチのと違うとあれこれ言われるのが怖くて置けないと笑った。

翌朝、新神戸駅で幟旗《のぼりばた》を立てて売っている〈イカナゴ新物くぎ煮〉を買い、夜の肴で一杯やった。灘の春がそこにあるような気がした。

（『一個人』二〇〇六年）

魅力の野毛＊

横浜野毛こそおいらの町。桜木町で電車を降りて地下道「野毛ちかみち」を一直線、地上に出ればそこにある。

中央通り、野毛本通りを軸にした野毛小路は、派手なネオンアーケードが昭和三〇年代の雰囲気を濃厚に残して、居酒屋、立ち飲み、焼鳥、ワインバー、中華、洋食グリル、焼肉、ラーメン、イタリアン、本格バーなどありとあらゆる飲食業が集中し、町道路の敷石もS字に「千鳥足」を描く。夕方ともなればどんどん路上に机が並び、町全体が酒場解放区となって、ネクタイゆるめたサラリーマンや、デートカップル、女子会グループ、そしてこの町を愛してやまない不良横浜《ハマ》親父（私です）でどんどん埋まる。

まずはとば口の居酒屋「小半《こなから》」へ入ろう。三浦岬に揚がる魚は東京より早く横浜の店に並び、黒板の「本日の刺身」となる。いち推しは足がはやい（痛みがはやい）ため東京には出ない〈しこいわし〉だが、最近不漁というのが残念。しかし春の〈鯛の白子焼き〉や秋の〈鱈白子〉はあれば必食だ。また戦後の横浜の食を支えた鯨が充実しているのは、ここが古い店であることを伝える。不動のサイドオーダーは二種の味噌で食べる〈生野菜盛り合わせ〉、本日はエシャレット・谷中しょうが・きゅうり。みずみずしいこれを置いておく安心感よ。

無口巨体のご主人と若々しい美人奥様はうらやましいような夫婦。ランドセルしょっていた風花ちゃんは、今や花の高二娘で、おいらとは口きいてくれなくなったけど、マーチングバンドの花形トランペットとして、五月連休には海上自衛隊軍楽隊の先頭で堂々の行進をしたというのがうれしい。

さて次は立ち飲み。すぐ近くの（野毛はどこもすぐ近く）の「福田フライ」は創業昭和二十三年。注文をその場で揚げるフライが売りだ。店は表通りに全面開放で、あちこちに真っ白な手ふきタオルがさがる。「アジと玉葱ね」。ジャーと音を立てる揚げ立てフライでビールをグーッ、たまりまへんな。魚刺身も充実し、ここがスタートでもよかったかな。

次は焼鳥。野毛は本格居酒屋よりは焼鳥の町というのも気楽さの一つで、たいへん多いが、御三家「若竹」「末広」「鳥芳」はそれぞれに固定常連がついて繁盛だ。古い風情の「若竹」は昭和二七年創業、野毛伝統の練り味噌を薬味に、まずはおまかせ五本セットでいこう。戦前の屋台から続く「末広」は当時から注ぎ足しのたれが自慢。その端正な味に今や行列店だ。「鳥芳」は鳥のほかに牛も豚も魚介も充実し、具たくさんの〈ビーフシチュー〉がまた結構と、焼鳥だけでは物足りない人にも大人気だ。

うーい、だいぶでき上がってきたぞ。ここらでじっくり座ってマスターと話でもするか。同じ通りの「無頼船」はラウンドするカウンターに下がるランプや柁輪など、世界をまわってきたマスターの船趣味いっぱいのミナト横浜らしい店。ギネスかワイン片手に〈ベトナム風春巻〉や〈チリコンカン〉でハマッ子となろう。若いハンサム二代目が立つようになってから女子会ブームとか。

さてそろそろ落ち着いて本格バー。野毛のバーなら「山荘」を知らなければモグリ。二階もあるグランドバーは白スーツの裕次郎が降りて来そうだった。最近近くに移ったが、シンボルのジュークボックスはそのままに、ギムレット片手に聞くのは青江三奈「伊勢佐木町ブルース」か、クレイジーケンバンド「タイガー&ドラゴン」か。

バーならばややはずれ路地角の「旧バラ荘」こそ最も野毛らしいか。「旧」のつく前から通っているおいらはここで飲んだ真っ赤なカクテル「ヨコハマ」が忘れられない。

しかし不動の席は「パパジョン」だ。カウンターだけの小さなバーだが、カイゼル髭にサスペンダー、「野毛の将軍」といわれた先代を慕う客は有名人も多く、写真が趣味だったマスターが撮影したポートレートが壁に飾られれば「野毛人」と認められたとか。その作家や噺家にまじって若き日の丸刈りのおいらも隅の方に。

外に書かれる「ジャズと演歌」は、野毛に銅像も建つ天才・美空ひばりのこと。先代マスターはすべてのひばりレコードを集め、尊敬ゆえにめったにかけてくれないが、おいらは選曲が気に入られてかけてもらった。その名曲「私のボーイフレンド」を聞きながら、不動の注文、野毛のシャンパン・通称「野毛シャン」の特製ハイボールで野毛の夜はふけてゆく。

そして最後の仕上げは、野毛で一番目立つ黄色看板「三陽」の〈楊貴妃も腰抜かすギャルのアイドル・チンチンラーメン〉か〈ジンギスカンもいきり立つぼくちゃんのアイドル・チョメチョメラーメン〉だ。

野毛といえば戦前から続く名居酒屋遺産「武蔵屋」が、御高齢九十歳でついに閉店されたのが残念だが、それでも町の良さは何も変わらない。そう、野毛の町自体が「居酒屋遺産」なのだ。この魅力よ永遠に。

（『食楽』）

京都の白割烹着女将の店*

関西で発行されている日本一のタウン雑誌「ミーツリージョナル」の女性編集者から「京都の、太田さんの好きな白割烹着女将の店にご案内します」という嬉しいお誘い。しかもそこ「あおい」は数年前の『ミーツ』に載った小さな記事、玄関から顔を出してにっこりする女将二人の写真に「これは行かなきゃ」とマークしていた店なのだ。

「おこしやすぅ」

木屋町三条。殺風景なビル奥の目立たぬ戸をあけると、はちきれるような笑顔が迎えてくれた。カウンター八席と奥に机一つ。湯気を上げるおでん鍋を真ん中に、おばんざい鉢が十二も並ぶ。

「これとこれとこれは今週でおしまい、もう春よ」

一年中同じではないのだ。一番人気を聞いて教わったのは定番で、頼みたいと思った品だった。酒は、おお。滋賀の名酒〈萩の露〉がある。

「ではこれと、萩の露お燗」「はーい」

お燗は三穴の銅壷、アカ（銅）のちろりは内側に錫を塗った最高級品だ。

「それ、有次？」「そう」「三穴は珍しいね、特注？」「いえ、店にあったのよ」へえ。

届いた〈手羽元と半熟煮玉子〉の鶏は箸で骨がはずれる柔らかさ。煮玉子二つ割りのオレンジ色に濡れた黄身がセクシーだがそんなことは口に出せない。

「あおい」は開店して三年。ふっくらしたお顔の中村季以さんは木屋町の有名割烹の名物女将をつとめた白割烹着歴一二年で、さすがに板につく。割烹着も今は高くなり高島屋あたりでは五〇〇〇円するそうだ。

相方の、カーリーヘアを頭上に束ねた白いコックコートの小川よりこさんとは、なんとロックバンドを組んでいるという。

「へえ！　バンド名は？」「カニココ」「ん？」

京都の言葉で「少ししかない」ほどの意味、「今お金、かにここなの」と。季以さんはリードギターとボーカル&作曲、よりこさんはドラム&作詞。よりこさんの手はとても大きく、包丁をスティックに持ち替えるとかなり迫力あるそうだ。季以さんは覆面姿でコミックバンド「死殺団」、さらにコピーバンド「YAWARA」のボーカルもするという。

　さすが京都！　白割烹着を脱ぎ捨ててステージで叩きまくる、歌いまくる。その一方「こないだ、女の一人旅で松本行ってきたの」と純情な一面も。道楽は耳のピアスと聞き「へえ、今日は蝶々だね」「ちゃう、リボンよリボン！」とぐいぐいと見せつける。

　気がつけばカウンターは女将目当てらしき中年男ばかりだが、そこに予約来店の若い女性二人は母娘だそうで店の全員が仰天。「ほんと?」「ええほんと」と艶然とほほえむ。お嬢さんが二〇歳になっての親子旅行とか。

　さらに入って来た超美人の一人お嬢さん、ヒロセさん（予約のヒロセですと聞こえました地獄耳）は、神奈川から一人旅の花の女子大生。どうしてここにとうかがうと（さっそく話しかけました）、雑誌で見て、女将さんの店なら安心だろうと思ったと。やはりな。季以さんによると一人女性客はとても多いそうだ。

　店は一気に華やぎ「これ食べなさい、湯葉のお刺身、こっちもおいしいわよ」と女将二人も大忙しだ。いいなあ、女将の店。ようし居座るぞと酒を追加した京都の夜でした。


（『ミーツ・リージョナル』）

映画と一緒に飲みたい日本酒＊

サイレント期に監督となり、生涯一六三本を作った清水宏の現存作品はおよそ五〇本。その大半は見ているが、なかなか上映されなかった『霧の音』（一九五六年）が、二〇一一年一〇月一二日、フィルムセンターで上映された時は何をおいてもとかけつけた。見終えたロビーには、同じ気持ちだったか、清水研究の決定的定本『清水宏讀本』（フィルムアート社）の編者・田中真澄さんがいて「やっぱり天才だね」と話したのを憶えている。

舞台は信州の山小屋。妻子ある植物学者（上原謙）と助手の女性（木暮実千代）の結ばれぬ恋を静かに描く。同じ信州山国育ちの私には、山の朝夕の冷え冷えした空気感、屋外に置いた風呂の温もりなどが肌に伝わってきた。木暮実千代の入浴シーンのすばらしさ。

談話のあと田中さんは酒好きと知って一升瓶を送ったりしたが、その年の暮れに急逝されたのにはまことに驚いた。『霧の音』に合う酒は、清水の盟友・小津安二郎も愛飲した信州蓼科の「ダイヤ菊」がいいだろう。

岩下俊作の名作「富島松五郎伝」は『無法松の一生』として一九四三年、監督：稲垣浩、主演：阪東妻三郎・園井恵子により映画化。その後五八年（稲垣浩／三船敏郎・高峰秀子）、六三年（村山新治／三国連太郎・淡島千景）、六五年（三隅研次／勝新太郎・有馬稲子）と計四本が作られた。私は四三年、五八年、六五年版を見たがどれも見ごたえがある。

小倉の俥引き・松五郎は、気は荒いが一本気で愛されている。酒が好きで肴はラッキョウだ。松五郎は大尉の未亡人の幼い息子の成長を助けるが、未亡人への恋心を自覚し縁を切る。後半、もう暴れることもなくなった老境の松五郎は、安酒場の一人酒でやるせない気持ちをまぎらわし、貼られた銘酒ポスターの美人画に未亡人の顔を重ねる名場面。

五八年の稲垣浩のリメイクは、戦前「車夫が軍人の妻に恋心を抱くのはけしからん」とその部分を検閲カットされたための再挑戦で、前作とカット割りもほとんど同じに撮りながら、松の恋心を描く場面は力が入り、三船・高峰という最良の配役で実現した。

これに合う酒は小倉の、その名も「無法松」がある。辛口らしい。

「また一人で酒を飲んでいる。初めて来た街の裏路地で、赤提灯、薄汚れた暖簾は手垢にまみれ磨りきれている」と始まる戌井昭人の小説『俳優　亀岡拓次』は同タイトルで映画化された（二〇一六年　監督：横浜聡子）。主人公のしがない脇役専門俳優を演じるのは適役・安田顕。

亀岡の趣味は酒で、出番が終わるとすぐ居酒屋に直行する酒びたりの日々だ。信州諏訪のロケで仕事を終えて入った居酒屋「ムロタ」は、三〇代半ばのわけあり風美人ママ麻生久美子がひとり立つ。安田は一目ぼれするがそうは言いだせず、カウンターにつっぷして寝てしまう作戦に出る。その時飲んでいた酒は諏訪の銘酒「真澄」で、小道具さんはしっかりした仕事だ（笑）。麻生が「たいしておいしくもないですけど」と差しだした肴は、隣の茅野の名物「寒天」だった。

東京に帰った安田は、次はきちんと告白しようと思い定め、バイクで諏訪に向かう。


（『映画横丁』第4号）

『居酒屋味酒覧』特別帯＊

小著『居酒屋味酒覧』第二版（新潮社）を出したとき、八重洲ブックセンターだけに特別帯をつけることになり、活字ぎっしりで埋め、さらに帯裏までまわしたお遊び。その「帯裏座談会」出席はおなじみの面々。

（表紙）

日本最強の居酒屋ガイドついに完成！〈居酒屋王〉太田和彦が二〇年の歳月をかけ全国津々浦々を巡り厳選した一七三軒は、日本の居酒屋の多種多様な魅力を余す所なく伝える。第二版では新たに六三軒が加わりますます充実。詳細な地図付ゆえ全国どこもこの一冊があれば入る居酒屋に不自由しない。否！この居酒屋に入るために旅に出ようではないか。三つ星レストランの一〇分の一の値段で入れる店ばかり。しかも生きている間に二度行くかわからない超高級おフランス料理とは違い、気に入れば毎日でも通って常連となれる。気に入りの居酒屋を何軒か持ち、時々で店を変えるのは人生の愉しみと言えるだろう。誘う相手により店を選ぶのもこれまた心はずむことだ。「ねえ、素敵な居酒屋さんに連れてって」美人の彼女にねだられても店を知らないのでは話にならない。こんな時こそ『居酒屋味酒覧』が役に立つ。よし〈名料理〉マークのつくここにしよう。「はい、一杯」「あら、お燗のお酒っておいしいわぁ」「だろう、大人はこうするのさ。親方、今日の刺身は何だい?」「ヒラメのいいとこがあります、エンガワつけますか」「おお、それそれ」。へえ、こんなお店で常連なんて素敵ね、見直したわ、とこうなるのである。三つ星店に行った自慢をするより、さりげなく名居酒屋の顔なじみの方が人間として器が大きいではないか。居酒屋の楽しみ方が判ってくれれば、神髄「ひとり酒」に進もう。なじみのカウンターに座り、ひとり独酌できる男になろう。居酒屋で一目置かれる男は、教養高く、品があり、ハンサムだ。「たこぶつ」に「菜の花辛子和え」、酒は「神亀」純米酒の燗だ。ツイー……。ああ、心楽しきこの時間よ。出世もいらない、名誉もいらない、女はいらなくはないが一人もいいものだ。ここまで読んでくれたあなたは必ずこの本を買うに違いない。そして行きたい店に印をつけるに違いない。そして行くに違いない。行った後に再びこの本を開き、自分の星印をつけるに違いない。

（裏表紙）

読んでから呑むか、呑んでから読むか、呑みながら読むか。それは自由だが、私は持っていって呑むことを提唱したい。地方出張の夜のお楽しみ、地酒にうまい地魚で一杯も。現実にはどの店に入ってよいか判らず途方に暮れる。ホテル情報も観光店ばかりでつまらない。地元の人が入る、安くてうまい居酒屋はないものか。その時この本が役に立つ。いや、案外地元の人も知らない名店がのっている。店紹介に値段も地図も完全なこの一冊があれば日本中どこに行っても間違いのない、よい居酒屋に入れること請合いだ。味を占めたら、出張ついでなどとケチな事を言わず、この一冊を持って居酒屋旅に出よう。日本は広い。北海道と沖縄では飲む酒も、肴も、店の造りも、酔っ払い方も違う。車で交替運転の夫婦旅もいい。カミサン孝行は居酒屋に限る。八重洲ブックセンターのNさんも「この情報量で一〇〇〇円（税別）はお値打ち」と太鼓判。「私のひいきは神田みますやです」と付け加えた。今や居酒屋は男だけではない。食べ歩き、飲み歩きに積極的な若い女性向きの居酒屋はたいへん増えてにぎわっている。ヘルシーな日本酒や創作和食を気軽に味わえるのが新しい居酒屋の魅力だ。味・雰囲気・値段にうるさい女性に応え、地図も丁寧。地図を読めない女性もOKだ。

さらに「デザインも素敵、これなら持ち歩けるわ」と好評。彼に連れてってほしい店に♥マークを付けて、一冊プレゼントするのもいい。

帯裏座談会「三つ星店はどこだ」

出席：野見杉太郎／伴釈也／呉佐計雄　司会：陸津　悠

陸津　太田和彦氏の『居酒屋味酒覧〈第二版〉』がついに出ました。皆さんのご感想は。

野見　やはり新登場店に興味があるね、三年間で六四軒の新登場は立派だ。

呉　知らない居酒屋はあるもんだねえ、能代、鶴岡、呉……。

伴　呉さんが呉を知らないの？

呉　ほっといてくれ。

伴　それもシャレ？

呉　やめてくれ。

伴　それも？

陸津　やめてください！
野見　ナニやってんだよ。しかし日本は広いことがよくわかるな。
陸津　著者は格付けはしないと書いていますが、この中からあえて三つ星を選ぶとしたらどこでしょう。
野見　旭川の「独酌三四郎」は入れたいね。北海道らしいおおらかさと、六〇年の歴史はもしかすると北海道で一番古い居酒屋かもしれない。
呉　北海道らしい焼魚は当然だが、冬のニシン漬けがたまらないんだ。
伴　白割烹着の美人おかみも、ぜひお目文字したいな。お酌してくれるかな。
野見　大丈夫、ボクしてもらった。
呉　新登場、青森の「ふく郎」は評判高い。地元でも知る人ぞ知るで、主人は本にのるのをなかなかうんと言わなかったらしい。
伴　あれだけ勢いのある魚を出す居酒屋は、そうはない。
野見　鯖、ナマコ、マグロ。マグロは大間のが当たり前だからね。
伴　西の「さきと」、東の「ふく郎」と書くところに著者の意気込みがうかがえる。
野見　博多の「さきと」は当然三つ星だね。
呉　「いい酒、いい人、いい肴」はこの店のための言葉。まずは対馬の鯖の「ごま

伴 著者は鯖好きらしく、津軽海峡、対馬海峡、屋久島海峡の鯖を取り上げている。

野見 いずれも海流の速い海峡鯖。日本三大鯖ってところかな。

呉 さて、東京「鍵屋」「シンスケ」、名古屋「大甚本店」、大阪「明治屋」あたりは何度も紹介されている名店。当然三つ星だね。

野見 東京、名古屋、大阪の三大都市だけど、それぞれ持ち味、雰囲気が全然違うんだよね。

伴 居酒屋はその土地柄を最もよくあらわす業態と書いている。

呉 東北好きの野見さんとしては、どこか。

野見 ウーン、これが難しいが、秋田「酒盃」、仙台「源氏」は絶対だね。源氏のおかみさんは白割烹着だし。

伴 白割烹着は有利なの？

野見 そういうわけでもないが、やはりね。

呉 やはりね、か。「酒盃」は白髭の主人が悠然と構えて好対照だ。

伴 豪快な板張りにあぐらをかき、秋田の古い郷土料理でやる名酒はたまらないな。

野見 ぼくは気仙沼の「福よし」を推す。

伴　ぼくも！　テレビで見たけど、あの三〇分かけて焼くサンマはすごい。
野見　すごいよ、焼サンマの概念が変わる。
伴　今まで食べていたサンマは何だったんだ。
呉　あれは散漫だったのだ。
一同　………（シーン）
陸津　コホン、他はいかがですか。
伴　シブイところで横須賀の「銀次」。
呉　海軍の街だけあって、煮込みがカレー味。
陸津　カレーですか？
野見　カレーは明治以来、海軍の伝統食なんだよ。舞鶴、呉でも「海軍さんのカレー」って売り出してるけどね。
呉　古く広い店に三々五々、男が集まり静かに飲んでいる昔ながらの雰囲気は、まさにいぶし銀の銀次と言いたいな。
野見　取材はこの本以外はお断りなのだそうだ。
陸津　関西に移りましょう、詳しい呉さんいかがですか？
呉　よくぞ聞いてくれました。大阪は南田辺の「スタンドアサヒ」。太田さんはよ

伴　くここを見つけてくれたな。

呉　行った行った。あの料理であの値段は、まさに食い倒れ大阪の真骨頂。

伴　なんでもない煮物小鉢にみな驚嘆するね。

呉　店の活気がすばらしいんだ、クミコさん！

野見　クミコさんね！

呉・伴　もちろん！

野見　へえ、美人？

呉・伴　もちろん！

野見　独身？

野見・陸津　……ほう。

二人　連れてってやんないよ。

野見　いいよ、一人で行く。

伴　女性に人気の京都は「赤垣屋」「神馬」かな。

呉　歴史、風格、やはりそうだね、京都行くと必ず寄るもの。

伴　「赤垣屋」なんか、三日いれば三日行くもんな。

野見　京都らしい、と言っていいだろう、知的な大人が町場の居酒屋で悠然と飲んでいる雰囲気がいい。

陸津　大学の町、京都ですか。東京の大学の先生はどこで飲んでるんでしょうね。

伴　どうせ赤坂あたりで、文科省役人に補助金もらうお願いでもしてるんだろう。

野見　北野の「神馬」は古い店構えと、主人、おかみ、練達の板前息子の家族的雰囲気が魅力だ。

呉　京都というとお高くとまっているイメージがあるが、そうじゃない。いつも温かく迎えてくれる。

呉　居酒屋の少ない京都で、行きつけがあるのはうれしいよね。

陸津　それに博多「さきと」と。以上ですか。

野見　まてまて、肝心なのを忘れてないか。

三人　？

野見　島根県益田「田吾作」。

呉　おお、そうだそうだ！

伴　その通りだ！

陸津　皆さん行かれたんですか？

三人　もちろん！

野見 町をはずれた一軒家のスケール、野菜も魚も自然に徹し、農家の土間の堂々たる台所。
呉 のどかな料理仕事を見ながら一杯やる気分は、気持が雄大になる。
伴 まさに「旅行して訪ねる価値のある居酒屋」だ。
陸津 こうしてうかがうと日本の居酒屋は豊かですね。どこも行ってみたい。
野見 それを集大成したこの本はじつにお徳用だな。
呉 まったく。旅に出て、居酒屋に迷わないってのは、ほんと有難いよ。
伴 ひと晩しかないから失敗したくないもんな。
陸津 では、輝け！『居酒屋味酒覧』三つ星、発表です！
旭川「独酌三四郎」青森「ふく郎」秋田「酒盃」気仙沼「福よし」仙台「源氏」東京「鍵屋」「シンスケ」横浜「武蔵屋」横須賀「銀次」名古屋「大甚本店」京都「赤垣屋」「神馬」大阪「明治屋」「スタンドアサヒ」益田「田悟作」博多「さきと」

立ち上がれ、東北の酒、居酒屋＊

全国の居酒屋を巡り、東北にはなじみの居酒屋も、蔵元も、飲み仲間もとても多く、このたびの災害に胸がつぶれる思いだ。ニュースを見るたびにあそこにはあの居酒屋がある、場所は港のすぐ前、と即座にわかる店もいくつもあり、連絡も取れず、また取ってよいものかと気をもむうちに安否も少しずつ聞こえてきたところだ。

日本酒蔵は今は仕込みが完成した搾りの時期だが、瓶破損のみならず、物が落ちてタンクひとつ分がすべて使えなくなる、いや建物自体が崩壊するなど被害は相当のようだ。かつて訪ねた気仙沼の「男山本店」は港に近く、美しい建物は崩壊し、タンクは傾いたが「もろみ」は生きて残り、復興の意地をかけて絶対に酒に搾ると決意して作業を終え、過去最高の品質になったという。

南部杜氏の醸す東北の日本酒はどっしりと腰が据わり、確実に酔ってゆける骨太の酒だ。居酒屋は四季を通じて三陸の豊かな魚貝がおいしく、なによりも人情があつい。

口数は少ないが黙ってサービスの肴の小皿を置く。取材の記事などを送ると、時季に鮭やタラを手紙もなく送ってくださる。グルメ云々よりも人とのつながりが生まれ、それが長く続くのが東北の居酒屋の特徴だ。私はいくつもそういう店と知り合い、二〇年のつきあいもある。味や酒も魅力だが、なによりも主人やおかみさんに会いに行く居酒屋となった。そうして正直で約束を守るのが東北人と知った。

そこが未曾有の災害を浴びた。我々に何ができるか。それは東北の酒をどんどん飲むことだ。岩手県酒造組合によると県内二十三か所の酒蔵のうち沿岸の三か所は全壊したが、無事なところは酒造りを進めている。しかし震災の影響で三月の出荷量は四割減り、「南部美人」など東北の三つの蔵が、「遠慮せず花見をして、どんどん東北の酒を飲んでください」とユーチューブに投稿した。

東京のデパートが風評被害をくつがえす東北フェアをすると聞いたが、とても良いことだ。義援金、ボランティア活動に加え、我々のできる最も簡単にして有益な行動は東北産の品を購入し、飲み、食べることだ。「被害はあっても酒は残った」。その酒こそ宝物、一滴も無駄にしてはならない。酒を飲むことが実質的な応援になるとはありがたいではないか。大いに飲もう。私もあの日から居酒屋に入ると「東北の酒、燗で」と大声で注文し、まわりの客にアピールしている。

(『サンデー毎日』)

神の力＊

「宮城県産酒は、宮城県民の宝です！」と、高々とスローガンを掲げた仙台の居酒屋「一心」に初めて入ったのは二〇年以上前の「居酒屋研究会東北旅」だ。昭和六一年、全蔵元が参加して「みやぎ・純米酒の県」を宣言した宮城酒の質の高さをいくつも知り、それから何度も訪れ日本有数の酒どころと知った。

東日本大震災で宮城の酒蔵は壊滅的な打撃を受け、とりわけ沿岸部は蔵の存続が危うくなった。石巻の平孝酒造は傾いたタンクに生き残った酵母を「日高見・希望の光」と名付けて絞り、その力強さは日本酒の生命力を再認識させて、復興の光となった。

秋に一心を訪ね、平孝酒造は再建成り、初絞りの準備を始め、その酒を「日高見・感謝の手紙」と名付けると聞いた。私は送ってくれるようお願いした。

一二月にそれが届いた。肩ラベルに〈町の明かりは消さない〉とある。瓶裏の詳細な〈手紙〉は、蔵の復旧状況を伝え、売上げの一部を石巻市に献金したことを報告し、次のように記す。

〈弊社に寄せられました皆様からの温かい励ましのお言葉や寄せ書き、更には支援物資や義援金など、皆様から頂いた御好意に感謝するともに本当に勇気づけられました。今回の震災を経て、改めて日本酒の持つ底力に圧倒された思いが致します。（中略）私達、日本酒の蔵元は日本各地に多く点在し、其々の町の明かりを灯していると思っております。日本酒の蔵元は日本文化の担い手としての自負を胸に、これからも地域の明かりを灯して参りたいと存じます。〉

その新酒を口に含むと、「涙」の味がした。励ましの言葉に涙した味を皆さん知っていると思う。同じ甘く清らかな味がした。お燗しても変わらず、温度のぶんだけ温かな涙になって心にしみた。

一月、荻窪の「有いち」で墨廼江酒造の「墨廼江・特別純米酒」震災後初絞り23BYを飲んだ。墨廼江は強い個性に特徴があったが、軽く優しく、安心できる味わいになり、お燗しても変わらない、何杯でも飲みたくなる酒になっていた。

その翌週、浅草の「ぬる燗」で、大沼酒造店の震災後初絞り「乾坤一・特別純米辛口生」を飲んだ。常温はしなやかにのび、お燗した印象は平明な「悟り」。こうして毎日酒を飲めるありがたさを改めてかみしめる、そう言っているようだった。

新しい場所で酒造りを再開した新澤酒造店の「伯楽星」初絞りも、良水を得てかなり出来が良いと聞く。

日本酒蔵は江戸期から基本の地場産業で、免許専業制の責任感から祭や祝、寄り合いには必ず酒を寄付、農閑期には人を雇い、多額の税を納めるなど、庄屋とは別の位置でつねに地域に尽してきた。何代も続く蔵が（災害で）なくなる喪失感は大きく、逆に立ち直る姿は復興の希望になった。東北の酒蔵はいまそういう位置にいる。

東北の酒は腰の据わったどっしりした味を特徴としたが、宮城の蔵の震災後新酒は、優しい味になったのが印象的だ。どの蔵も再開後の初絞りは祈る気持ちだっただろう。大きな困難をへて優しさにたどりついたのか。それはまた私に日本酒というものの、人為をこえた「神の力」を感じさせた。祈りは神に通じたと思う。東北の日本酒の新しい出発を神が見守っている。

横浜「武蔵屋」閉店の日*

御年九四歳になられる木村喜久代さんの居酒屋「武蔵屋」が閉店する二〇一五年七月三一日、七〇人におよぶ常連の行列が「本日一杯だけにて願います」の貼り紙に辛抱強く並んでいた。今日は肴に赤飯がついた。花束で埋まる店の夜の九時。大きな拍手とともに横浜野毛の居酒屋は伝説となった。

武蔵屋は、明治生まれの木村銀蔵さんが大正八（一九一九）年、今の横浜中央区相生町に始めた立ち飲み屋がはじまりだ。関東大震災で消失後、店は南仲通りに移り、港も近いため繁盛した。最後まで店にあった、誇らしげに「武蔵屋」と浮き出した立派な銅の燗付器は昭和一〇年にあつらえたものだ。

戦後、野毛に移り、子供である木村喜久代・富久子さん姉妹が手伝うようになった。昭和五八年、銀蔵さんが八八歳で亡くなられた後は、姉妹で質素な木造一軒家を何ひとつ変えず続けてきた。

銀蔵さんが始めた、酒は一人三杯までのルールも受け継がれ、通称「三杯屋」。おからや鱈豆腐、納豆などが順番に出るだけの店は横浜市民に愛され、金のない若い時はそれゆえ通い、後年名を遂げてまた帰ってくる横浜の名士は数知れず、銀蔵さんとその子供姉妹の清廉篤実な人柄は多くの文化人を常連とさせた。

燗酒を土瓶からコップに一滴も溢れさせずピタッと山盛りに注ぐ父の技は姉、料理は妹で続け、横浜国大の学生がシフトを組んでアルバイトするのも伝統となった。四年間続けた某君は、ここの体験をもとに野毛の商業発展史を卒論とし、店の常連客に長年店を支えた感謝の会を開いてもらい卒業した。

六坪ばかりの踏みしめた三和土、ベニヤ天井も柱も板壁も古くすすけているがよく拭き掃除されているのがわかる。カウンターも机も質素、奥の畳四枚ほどの小上がりの卓は俎板のような手作り。夏はクーラーはあるが客が使わせず、開け放った窓から青々としたヤツデを伝う風が好まれ「清貧の居酒屋」がこれほど似合う店はなかった。

平成二三年、ある客の働きかけで、林文子横浜市長より姉妹に感謝状が贈られた。その文面は〈永年にわたり事業を通じて横浜の魅力づくりに多大な貢献をされ、横浜の魅力発進に大いに寄与されました〉とある。永年勤続表彰ではなく、一介の居酒屋が街の魅力を作ったという表彰は武蔵屋の価値をよくついていた。

すなわち、うまい安いのグルメではなく、市民も名士も一切平等の安息の場であり、ただ一つ「酒品」を心がける者だけが客になれ、それゆえ生み出す雰囲気の高潔な品格が憧れとなり、ついにはそういう居酒屋が尊敬されて続いていることが街の魅力になったということだ。

これこそが居酒屋の最高の境地だ。すべての居酒屋の、そして居酒屋を愛する者の永遠の指標であった。

（『サンデー毎日』）

二章　東京の灯よいつまでも

銀座の酒場を歩く＊

1

銀座すずらん通りの六丁目。この辺のはずだがと見上げたビルの三階窓に「ここです」と言うようにビールを飲み干す愉快なイラストが。エレベーターを降りたすぐ右、ほんの小さな小窓がついた節だらけの古い木の扉を押して「るぷりん」の店内へ。コンクリートむき出しの室内に床は板貼り。素朴な木机二つ。八脚ある硬い木の椅子は不ぞろい。黒コードにぶら下る電灯。あたかもパリの画家モジリアニの屋根裏アトリエのようだ。一方のカウンターは一目でわかる天然の形がくねるぴかぴかの銘木で、内側には真鍮のビールサーバーコックが六本、さあ来いと並び、後ろの小棚にはグラス。スツールは背もたれ柔らかな揃いのオリジナル

オーナーの注文「しゃれた場末感」に応えたインテリアデザインは平松麻さん。フランスの古い「ワインじょうご」を逆さまに吊った電灯笠、殺風景な室内に温もりのあるアンティーク家具を置き、対してカウンターは別格として君臨するきっぱりと明確なデザインだ。

おっとビールビール。ここは銀座にはあまりない国産だけのクラフトビールの生を飲めると聞いてきた。音楽の五線譜に手書きされたメニューのビール六種は知らぬ名ばかり。グラスは私も愛用の松徳硝子薄玻璃の大中小。ではその小で三杯飲もう。まず「反射炉ビヤ甲州微行」意味はわからないがそれは後。

グイー……

う、う、うまい、うまい！

自慢じゃないがビール党の私はいかなるビールも最初のひと口で真価がわかり、外れることはない。グラスに立つシャープなホップ香、口に入れた淡いフルーティ酸味の後のピルスナータイプの軽快な甘味、飲み干して鼻に抜ける豊かな残り香。

コーフンする私に「反射炉は伊豆韮山にある産業遺産のこと。甲州微行は山梨デラウエアぶどうの酵母を使うため。このビールを作る農大醸造科出身二七歳の青年は、日本酒は一年一回だがビールはいつでも作れると選んだ」と解説する。私は感心しきりだ。

目が醒めるようにうまいお通し〈寄せ豆腐に菜種油と塩ぱらり〉の豆腐は、千葉香取郡の「月のとうふ」製。その〈厚揚げ焼き〉は「すみません今日のは間もなく届くはず」。しからば頼んだ〈へしこピザ〉は不思議なくらいうまい。

「子供のころからへしこがおやつで」「ませた子だね」と私が笑う西塚晃久さんの父上は銀座の高級懐石「馳走　啐啄《そったく》」の主人と聞いて驚いた。

自分もその道をめざし、世間をあっと言わせるような店をと思ったが、父に「自己満足で人は来ない」と厳しく言われ考えを変えた。学生の時から親しみ憧れた神田の名ビアバー「ブラッセルズ」を念頭にしたころ東日本大震災が発生。周囲に国産品を忌避する風潮がおきたのに反発、訪ねた現地は地産を信じているのに心うたれ、日本酒はもちろんビール、ワイン、肴をすべて国産品にすると決意した。

続いて飲んだビール「あやめホワイト」は切れ味よく、「頼朝ポーター」は青い北海道生ホップをちぎり入れて豊饒。今届いた厚揚げが合う合う。

内装も酒料理も豪華高級が当たり前の銀座に、あえて場末感と無名の国産品で開き「外国人よりも日本人に日本の良さを知ってほしい」と思ったが、そのとおりになったという。小粒でもしっかり狙いのある店が、不行儀な団体バブルに席捲されたかに

みえる銀座に生まれていた。作家・椎名誠さんと恩田陸さんがここで酔いつぶれたというエピソードもうれしい。るぷりん万歳。

＊

歩いて隣りの七丁目。赤い外装が目立つ資生堂パーラービルのシックなエレベーターで、「バーS」のある十一階へゆっくり上がってゆく時間はいつも気持ちを高揚させる。

「いらっしゃいませ」

エレベーターの上ってくるサインを見て迎えていた黒服のフロア係にコートを預け、女性の案内でカウンターへ。

「いらっしゃいませ」

迎えるチーフバーテンダー三谷さんは黒へちま襟スーツに銀の蝶タイ、きちんと整髪の完全フォーマル。自ずとこちらも姿勢をただす。

「何にいたしましょう」

「S、を」

「かしこまりました」

畳んだ白ナプキンをカウンターに置き、シェイカーに氷を入れて振る重い音は最高級の硬い氷とわかる。ウオッカ・パッションフルーツリキュール・ブルーキュラソー・レモンジュース。カクテルは材料が多いほど微妙なバランスが難しい。慎重な調合をすませ即座に始めたシェイクは、両肘を張って激しく開閉するバタフライストローク。縁に塩をまわしたスノースタイルグラスに素早く注いで金粉をふりかけ、ペンライトで照らした下半分は当店テーマカラーの紫、上は透明な薄青の二階建て。その味は華やかに優雅。このカクテル「S」は三年前の開店時に作った。

一九六九年に資生堂入社した私は、パーラービルにできた資生堂経営のフレンチレストラン「ロオジエ」のカウンター五席のウエイティングバーによく座り、そこに立つ今や世界のバーテンダーとなった上田和男さんにバーの仕事とは何かを見聞きしたことが大きい。ロオジエはやがて大きなラウンジバーになり、ビル建て直しで上田さんが独立すると、コーナーバー「ファロ資生堂」に模様替え、そして本格の「バーS」となった。チーフ三谷さんは上田さん生え抜きの弟子で、街場のオーナーバーとはちがいあくまでも社員の分を守る礼儀正しさがいい。

ゆうに二階ぶんある壮大に高い天井は天窓が開いて星空になる。床から天井までの一枚カーテンから透ける夜景はまさにトップオブギンザ。紫の絨毯、コの字カウンターを中心に、チェア席、ハイバックのソファ席、半個室、奥の応接間風などは、地下の穴蔵バーとは正反対の華やかな社交バーで、近頃半分は女性たちというのはいかにも資生堂だ。

世界にバーを、オリジナルカクテルを持つ企業はあるだろうか。最近変化の激しい銀座に、その品格を守るように資生堂が紳士淑女の社交バーを持つのが誇らしい。

さてもう一杯は、これもオリジナル、「椿姫」にしよう。

2

銀座は居酒屋が少なく残念に思っていた。日本酒は史上最高の黄金時代で名酒はいくらでもあり、次々に新スターが生まれている。居酒屋料理のレベルも格段に上がり、名酒名肴の上等居酒屋は今もっとも使い勝手のよい飲食業態だ。銀座接待も、高級店もいいけれど、「居酒屋ですが」とお連れすれば「いや、こういう所がいいんだ」と胸襟をひらいてもらえると思うが。

昭和通りを東に渡った三丁目。歌舞伎座裏のあたりは二階家が続いて、古き良き昭和の銀座を残す。居酒屋「離亭三ぶん」はそこに昨年九月に開店した。

薄暗さを残す細路地に格子戸から明かりがもれ、ごく小さな紺麻のれん、酒林（杉玉）が下がり、無造作にひっくり返した洗い立てバケツに営業中の札をぽんと置く風情がいい。カウンター七席に机二つの小さな店内。居酒屋好きは大きな店が嫌い、ここはちょうど良い。

初めての店はまずは品書き。黒板の酒は、お、和歌山の名酒「紀土」、その搾りたてがある。さらに「李白」「石鎚」……。「地酒めぐり富山編」と書かれるのはそういう特集をしているのか。

反対側の黒板は、〈本日の刺身〉に続き〈里芋のかにあんかけ〉〈足赤海老のウニ焼き〉〈小烏賊と下仁田ネギのアンチョビ炒め〉など意欲を感じる品が。手元の紙には五〇〇円均一で〈江戸前玉子ふわふわ〉〈牛すじ煮〉など、七〇〇円均一で〈活ワタリ蟹の内子〉〈揚げからすみ餅〉など、九〇〇円均一で〈牛赤身ステーキ〉〈小鍋仕立て／クエ・フグ・スッポン〉など。さらに〈酒菜〉として山わさび和え、バクライ、生カラスミ、塩うになど酒の珍味がずらりと書かれる。

完璧じゃん！

私は興奮してきた。地酒めぐり富山編から選んだ「富美菊」のお燗は、外はアカ（銅）、内は錫貼りのお燗鍋に同じ仕様の特大ちろりを沈め、これは相当な値段の道具だ。選んだ盃も高名な作家もの。

ツイー……。

その燗具合に全身が、そして心もじんわりと温まってくる。富山地元で愛される富美菊を東京で飲めるとは。刺身〈気仙沼カツオ〉〈青森ヒラメ昆布〆〉合い盛りの瓦皿は唐津の作家・丸田宗彦作。小皿二つは醬油と煎り酒。カツオは添えた福井の練り地辛子と醬油が合い、〆た昆布の糸切りをからめたヒラメは煎り酒が合う。まったくたまらんのう。

開店間もないというのに年季を感じる店内は、もと寿司屋だったそうで納得。見事な一枚板カウンター奥につけた小棚は、使わない皿を置けるなどまことに気が利き、京都・原了郭の黒七味・一味・粉山椒が並ぶのも心強い。

謎の〈カキフリャー自家製ぬかタルタル〉は、牡蠣フライを玉葱・きゅうり・赤かぶ・ゆで卵などのぬか漬と自家製マヨネーズとオリーブオイルで和えたソースでいただくもので、油気のないかるーい衣に包まれてうまいことうまいこと。日本料理を修めたうえでの粋な遊びがいい。これなら〈アジフリャー〉〈タラフリャー〉もいってみたい。

客は身なりでわかるきちんとしたお勤めの方や品のよい老紳士。ご近所もふくめ歌舞伎座帰りの客はたいへん多く、その日の演目に合わせた着流し着物で来る常連など、皆様、歌舞伎の話ばかりしているそうだ。

これぞ粋、さすが銀座。国際化した銀座表通りを避けた銀座紳士はここに来ていた。私も通い続ける銀座居酒屋ができた。

＊

銀座通り一丁目に一九九九年にできた「銀座備長炭ショップ 掌」は備長炭製品やオブジェを扱う珍しい店だ。その地下の「TANAGOKORO THE BAR」は、ほどよい小ささのカウンターバー。五種の木を幅を変えてランダムに縦貼りした内装は大人の雰囲気で落ち着き、設計の小川博央氏は木材使いの名手、隈研吾建築設計事務所出身ときいて納得。

ざくろのカクテル「ジャックローズ」はゆったり浅いバタフライストローク。大輪チューリップのような腰の低いブランデーグラス型で供され、まさに「掌（たなごころ）」だ。上等なグラスだなと感じていたが、飲むにつれ赤い酒が減ってゆくと、繊細なカット模様がしだいに見え始め、あたかも貴婦人のレース下着が覗くようだ。

とは言えず（当たり前じゃ）、銀盆にのる七種のオードブルから野菜スティックを。今し方帰られた、一人で来ていた映画俳優のような男の人は、よく来る普通のサラリーマンだそうだが、さすが銀座だな。残されたマティーニグラスも相当上等。グラスは「バカラ」が一番多く、これは「サンルイ」。そう聞くと水のグラスも慎重に手にする。

三人立つバーテンダーは純白シャツに襟つき黒ベスト、そろいのネクタイは銀座の老舗・田屋の誂え。スマートな物腰が銀座らしい立花さんは、横浜インターコンチネンタルホテルのバーを皮切りに青山、六本木で街場バーの経験を積み、四〇歳を過ぎていよいよ憧れの銀座に来たが、客の方が一流で、はじめは子供扱いだったそうだ。

「太田さん、お久しぶりです」

挨拶は、おお、一昨年暮れに閉店した銀座最古の名門バー「ボルドー」にいた黒田洋一さん。ここに移ってきていたんだ。銀座のバーではこういうことはよくある。そして若手の田畑和海さん。

壁の立派な額におさまる絵はシャガールに見える。

「シャガールです、こちらも」

え、本物！ オーナーは美術好きで、キスリング、ローランサン、フジタ、上村松園などを時々に掛け替えるとか。さすが銀座。

棚に置かれた酒は多くはないが、バー慣れしているつもりの私でも知らないものばかり。スコッチ「エクスカリバー」は一杯五〇〇〇円で、特別「安く」出していると言う。へー……。

一杯・一万五千円もありますと戸棚を開けたのはスコッチ「ストラスアイラ・1972年」。「グレングラント・1973年」はもっと高いかなと言う。半分でもお出ししますとおっしゃるがとてもとても。

さすが銀座、今日はこればかり。しかし、先ほどのサラリーマン氏のように気軽に来る人がほとんどなのだそうだ。高級バーでももの怖じせず、ただし服装だけは気をつけて、身の丈で楽しんで帰る。これもまた銀座の流儀。私もここに通うとしよう。

3

六丁目の地下のバー「夕凪」の落ち着いた木のドアを開くと暗い中にステンドグラスがほんのり明るく、奥のカウンターはジョージ・ナカシマ製の木椅子が七脚ならぶ。着席するとカウンターの盆に盛った農産品の説明が。

・りんご（長野蓼科のサンフジ／ウオッカアップルジュース）
・トマト（千葉香取のフルティカ／ブラディメアリー）
・レモン（広島瀬戸内／ジントニック）

・みかん（和歌山有田／ボッチボール）
・スペアミント（青森六戸／モヒート）
・しょうが（熊本／ジンジャーエールを使わないモスコミュール）
・コーヒー豆（銀座「凛」の夕凪ブレンド／ブラックルシアン）
実家が農家の神木俊行さんは埼玉のＪＡいるま野に勤めて優れた農産品を知り、それを生かした飲食店はできないかと考えた。いっぽうバーテンダーにあこがれ、両方を生かした「優れた農産品を使うバー」をやろうと決める。

「固い仕事から水商売と、親戚家族勤務先、全員に反対されました」

でしょうねとこちらも苦笑。しかし、ならば日本で一軒だけのバーにしよう、それは農産品が主役のカクテルを出すこと。ゆえに酒瓶はすべて戸棚に入れて見せず、主役は農産品とカウンターに置いた。では注文しよう。

「ブラディメアリーを」

「かしこまりました」

小ぶりトマト八個を丹念にすりつぶした果汁をもとに、ウオツカ他とあわせて大きなボストンシェイカーを振った一杯は、口先に運んだだけでトマトの鮮烈な香りが立ち、一口飲むとすぐまた二口と飲み続けていたくなる。果汁はアルコールを少し加えると味がなめらかに豊かになる。ウオッカはトマト果汁をおいしくするための脇役だ。今のバーにフルーツカクテルは主流だが、飾りの多い創作カクテルではなく「スタンダードカクテルで一つのフルーツを主役にする」のが神木さんの方法だ。

木を多用した内装は船をイメージしたという。床は甲板に使うチーク材で水に強く、ほどよい固さが立ち仕事に疲れないなど、船室モデルのコンパクトな合理性は随所に使われ、さりげなく温度計・湿度計・気圧計の計器を取り付け、入口には航海用六分儀が飾ってあった。カウンター前の全面黒地の棚扉に水平に連続する水玉の穴からの透過光は、沖の停泊船から遠く夜の街明かりを見るようだ。

そこに立つ神木さんは紺の着物姿。お茶をやっているので着慣れて楽、ただし仕事用に袖は短く仕立てた。着物のバーテンダーは珍しい。

農産品の自然な安心感、船キャビンの居心地、男の着物姿。客の三割以上は女性で、二杯三杯とお代わりするというのもうなずける。

神戸一郎の甘く懐かしいヒット曲「銀座九丁目水の上」を聞いているようだった。

＊

六丁目すずらん通りに面したセレクトショップビル「ドーバーストリートマーケット」は「コムデギャルソン」プロデュースの店で、下から上までどのフロアもスーパーモダンなオープンアートギャラリーのようだが、七階端の「コマツバー」だけはやや引っ込んだクラシックな木の扉で閉ざされ、小さな表札も申しわけ程度だ。

ギイ……と音はしないが、そんな気持ちで開けると、泥よけ風敷石から厚織り絨毯になり、突然英国のお屋敷の応接間に入ったようだ。ゆったりしたソファー、鏡つきの優雅な洋家具。ソファーは柄も形もいろいろ、小テーブルも丸あり角ありと不統一なのは個人のお宅風で、ひょいと引っ架けるコートスタンドが親密な雰囲気をつくる。

床が二段上がると素朴な赤煉瓦壁になり手前は木のカウンター、右は厨房らしい。カウンターが左斜めに折れた前はウイスキーなどの酒棚。その端にもやや隠れた一席がある。年配紳士客に知的な女性もまじるカウンターは遠慮してテーブル席へ。

「いらっしゃいませ」

白ブラウスの女性が、ワインリストとメニューブック、「今日はこちらもございます」と小黒板も置いた。料理は季節のサラダ、チーズ盛り合わせ、生ハム、グラタンなどわかりやすいものばかり。黒板から〈エビとヤリイカのフリット〉、グラス赤ワインをおまかせにした。

座るあたりは書斎風で書棚には銀座関連の本が並び、私の『愉楽の銀座酒場』や、デザイナーとして関わった写真集『女たちの銀座』もあるのがうれしい。一段高い大きな柱時計は、千鳥ケ淵にあったフェヤーモントホテルのロビーを飾っていたロンドン製、小さなシャンデリアも同じ。今はあまり見なくなった床置きの大きなスピーカーボックスから真空管アンプの音楽が小さく流れる。私も真空管派。控えめに置いた黒いアップライトピアノをさらりと弾く客もいるそうだ。

バーでもない、クラブでもない、ホテルのラウンジでもない落ち着いた雰囲気は、なんと居心地がよいのだろう。まさにここはサロン、銀座のくだけた応接間、書斎。

人気という〈フライドポテト〉は本場イギリスよりも細身で軽く手が止まらない。おまかせ三杯めに応えた赤ワイン〈ボルドー・グラーヴ地方のカベルネソービニヨンとメルローのブレンド〉は深い味わい。くつろいだからか腹が減ってオーダーした〈タンシチュー〉はとても大きいがたいへん柔らかく、たっぷり野菜とともにぺろり。これほどおいしいタンシチューは初めてだ。

「太田さん、お久しぶりです」と現れたシェフは、五反田にあった名フレンチレストラン「ピエロ」にいた佐藤雅勝さんだった。私はそこの創作日替わりランチに二年以上も通い詰めたことがあり、柔弱なフレンチとはちがう、男の食欲に応える力強い料理の大ファンだったのだ。さすが……。奇をてらわない料理を最高に仕立て上げる大人の仕事には新鋭レストランは到底かなわないだろう。

ここは会員制とはしているが、やかましい団体などを断るだけのため。最近の銀座は変わったと言われるけれど、いちばん深いところは何も変わっていない。それはステイタスを守る矜持だ。

私は思った。銀座は敷居が高いのではない。ふさわしい心構え、マナー、服装であれば銀座はわが町になる。銀座はそれを待っている。

二三歳で銀座に勤め始めて五〇年、銀座通いは途切れなかったが、いま本当に落ち着く場所をみつけた。これから銀座の最後はここに顔を出すことにしよう。

（『銀座百点』二〇一九年）

新橋、魅惑の居酒屋地帯

東京一の居酒屋地帯、新橋。駅西の烏森口を出ると西は虎ノ門、南は浜松町まで小路という小路に居酒屋が延々と続くのは壮観の一語。新橋を制する者は東京を制す。私はかつて新橋居酒屋制覇のため「極力新橋で飲む会（略称・極新会）」を作ったが活動は停滞気味。今夜は実戦とゆこう。

まずは立ち飲みから。近頃ブームの立ち飲み屋だが新橋こそ古くからの聖地。コートを着たまま道にあふれ、焼鳥焼トン片手に一杯やる会社帰りのサラリーマンは新橋日常の風景だ。新橋といえば「魚金」。いま五軒あるそうだが「魚金其ノ参」は、席のある隣りの本店よりも、こちらのせまい立ち飲みから満員になっていく。

渡された本日の品書を一瞥。「イワシなめろうに寒ブリ刺身、酒は『尾瀬の雪どけ』本醸造の燗」「はい！」。立ち飲みの注文はモタモタしてはいけない。本店から運んできた燗酒ちろりを受け取り、そのまま大きな蛇の目利き猪口に注いでキューとひゃれた内装にするのでもなく、いささか雑然としたままがほっとさせる。午後のなんでもない時間に次々に客が来てひと息つき、「さあて、もうひと仕事」と出てゆく。大阪は古い喫茶店がたいへん多く、欠かせない日常の場所なのだろう。

ホテルでひと休みして夜の部の開始。オールドなにわの居酒屋は阿倍野の「明治屋」にとどめをさす。明治一三年に酒屋で創業し、その後居酒屋になった。鍾馗様の座る瓦屋根に上がる右書き大扁額「酒屋　明治屋」は酒屋時代のものだ。店の主役は杉白木の四斗樽。紅白布団に寝そべるブロンズの牛は〈商売は牛のよだれのように細くながく〉の縁起物。天井角に小さな提灯の並ぶ祠が上がる。四人机はカウンターと幅も高さも同じで客の目線がそろう。無駄のない使いやすさが生んだ洗練された店内の静謐感は大阪の古い居酒屋をよく伝え、もはや文化財ではないだろうか。

開店は昼過ぎ一時。表通りのチンチン電車を耳に無念無想の昼酒にひたるのは至福の時間だ。今は夕方、仕事を終えたらしい人が「ああ、やれやれ」と嬉しそうに座る。では私も。

「酒ときずしね」

「はい、おおきに」

これをくぐってうちの酒になる、と言う銅の循環式燗付器で温められた樽酒は古い極薄ガラス徳利で出され、これも貴重になったそうだ。「きずし」こそは大阪の居酒屋に欠かせない肴の定番。二杯酢に横たわるきずしは関東の〆鯖とは別のものだ。

「ああ、うまい」

「おおきに」

本当にうまそうに口に入れたのだろう、笑われてしまった。

さあてそろそろ仕上げのバーといこう。大阪のバーは東京よりも圧倒的に日常に身近な存在だ。東京のバーはどこか構えて入り、酒の知識などを開陳しているが、大阪は集金帰り(途中?)、仕事帰りに喫茶店の感覚で入り、ハイボールやシェリーを飲む所だ。話題はもっぱら景気か阪神タイガース。酒のうんちくなどとんとしないのが本物だ。

大阪一の老舗、道頓堀の「吉田バー」は創業昭和六年。関西バーの特徴であるソフトアームレスト付きのクラシックなカウンターはまことに居心地よく、樽からひねったジンのジントニックは苦みをきれいに残して軽い。トレイ、ピッチャー、灰皿、時計などの膨大な洋酒グッズコレクションは、世界にもこれだけのものはないだろう。

ほろ酔いとなり、せっかく来たのだからと言い訳してもう一軒、「堂島サンボア」

とくち。

ぷはーたまらん。魚金は本来魚屋で、小さなガラスケースのぴかぴかのイワシは新鮮そのもの、その味噌たたきなめろうのうまいこと。これがたったの三八〇円とは申し訳ない。

もう一軒、モダンこぎれいな立ち飲み「龍馬」は、会社帰りの若めの男たちグループ、焼酎一〇〇種をつらつら眺める中年男一人客、若い女性の二人組もいて、客の幅広さが立ち飲みの定着を物語る。一番人気のマグロは脂の乗った〈脳天刺〉、さっぱりした〈中落ち〉（大・小あり）のどちらも青葱・ゴマ・もみ海苔のかかる立派な一品。私のお奨め〈セロリ漬〉三五〇円は、しゃきしゃきした旨さにやめられない止まらない状態になる。はじめにザルに適当なお金を入れ、酒料理が届くたびに引いてゆく明朗会計で、私は二〇〇〇円入れましたが余りました。

立ち飲み二軒のあとは座りたい。新橋西口通りを浜松町へ歩いた「ビアライゼ'98」は、東京八重洲の「灘コロンビア」にいた伝説のビール名人・新井徳司氏の唯一の弟子・松尾光平さんの店。日本一うまい生ビールのファンで今日も満員なのを横目に、すぐ先の白い行灯看板「和風一品酒　向嶋」へ。

ふう。唐草の徳利から一杯注いでひと息。ピンク色が美しい〈鮟肝〉は濃いぽん酢醤油に浸り、紅葉おろしの辛味が利く。〈本日のきんぴら〉は極細薄切りの蓮根。〈人参ピリ煮〉は思いのほかカリカリに煮た人参の醤油漬で、辛味に頬がぽっと温かくなる。

目もとの涼しいご主人は作家・向田邦子さんの妹の和子さんが赤坂で開いていた小料理「ままや」の板前を二〇年勤め、ままやが閉店してここを開いた。南青山に書斎のあった向田さんは執筆の合間によく「ままや」を訪れ、板さんの正面に座り、仕事を眺めながら盃を傾けたという。大げさなところのないお総菜的な品が多いが、吟味した素材に思い切って濃い下地をつけ、辛くあるべきはピリリと利かせためりはりのある肴は、向田さんの小説にも通じるようだ。逸品のほまれ高い〈さつま芋レモン煮〉を食べて帰らなくちゃ。

夜もふけてきた。新橋飲み屋街の中心、烏森神社のせまい参道にずらりと向きあって並ぶ小さな居酒屋群は新橋の象徴だったが、参道左側は空地になってしまったのが残念だ。今も続く田舎屋、ほさか、北上、ささ亭、世津、立ち飲み王将のどこかに入りたいが、その前に社殿左の魅惑の小路・宮脇通りに用がある。

先ほどこの通りに、戦後の文人エッセイによく登場する「蛇の新」を見つけた。奥に深い店内は酒の肴も豊富な、気軽な寿司屋で一杯やれる雰囲気だ。品書に東京の古い料理〈鱈豆腐〉がある。〈コロッケ〉一個二〇〇円もうるわしい。

ご主人の父である先代は戦前、八丁堀の寿司店「蛇の新」で修業し、ここを開いた。戦後、東京新聞の記者が作家・富田常雄を連れてきたころから、坂口安吾、太宰治、野間宏、埴谷雄高、宮本三郎、岡本太郎、清水崑、秋山庄太郎、土門拳、林忠彦などの文化人が足繁く来るようになり、NHKが内幸町にあったことからN響楽団員も多く、表の暖簾には小さく「贈・NHK交響楽団」とある。新橋隣りの銀座は言うまでもなく文化人のサロンたる一流店ぞろいだが、銀座では肩ひじ張る文化人も、こちら新橋ではこの気楽な店で飲んでいたと思うとほほ笑ましい。オレはこっちのほうが好きだという人もいただろう。

「昔は新内流しなどもいて、情緒がありました」

昭和三三年にここに来たという奥さんは昔が懐かしそうだ。父娘の尺八二本の流し、ギター・アコーデオン・バイオリンに手作り竪琴の四人組、一メートルもある大きな算盤をかき鳴らす巨漢の名物男・そろばん三四郎は聾唖の奥さんを大切にしていた人情家だったと後に聞いた。塩豆などのつまみ三品をもち「おつまみ買ってくださーい」と売り歩く子供や、靴磨き箱を抱え「靴を磨かせてください」と土下座する少年、花売り、ガム売りの少女もおずおずと店の戸を開けたという。闇市から出発した戦後の新橋の生き生きとした情景が目に浮かぶ。私はなんだかジンと来た。私と同世代の少年少女が新橋でこうして生きてきたのだ。

蛇の新の奥さんから教わった鳥森神社参道の焼鳥「ほさか」の、葱をはさんだ焼鳥がおいしい。焼けるたびに大根おろしを追加してくれるのが嬉しい。

「参道の居酒屋も、昔は二五軒あったのが、今は七軒」

眼鏡の奥さんは開店から三八年たつというが若々しく、息子さんがせまい階段上下を行き来する二階も満員。新橋はどこも満員だ。

夜九時を回った烏森神社は、酔客やカップル、女性同士の参拝で賑わっている。酒を飲んで手を合わす夜の光景は大阪法善寺横丁のようだ。飲めば誰もが善男善女、みな願うことがあるのだろう。一大飲み屋街新橋はこの烏森神社にしっかり守られている。湯島の天神、新宿の花園神社、神社のある盛り場はいい。

さあて新橋居酒屋行脚のラストはなじみに入ろう。小さなコの字カウンターの「均一軒」は二日に一回、三日に一回の常連ばかりだが、私のような久しぶりにも温かい。

「酒」と注文すれば銘柄だの吟醸だのややこしいのはナシ、大徳利の燗酒を黙って注ぐのが良い。名物は二刀流包丁をリズミカルにトトントトントンと叩いて作る「鯵たたき」だ。夜一〇時、そろそろ店じまいと洗い始めた厚さ二寸もの大俎板は、昔で六万円、今は一〇万近いでしょうと言う。

うーい、最後の一杯がうまい。私は銀座の資生堂に二〇年勤めていたころは新橋にはあまり来なかった。銀座には今も行くけれど、勤めをやめてから新橋は大きな存在になってきた。大阪流に言えば銀座はキタ、新橋はミナミ。あるいはハレとケ。人生にはハレもケもある。新橋は裸の自分そのままでいられる。いいなあ新橋。この町とは一生つきあってゆこう。

＊「蛇の新」「均一軒」は閉店。（『東京人』二〇〇七年）

中央沿線居酒屋カルチャー

町に人が住み、気風や経済がある成熟に達して町の柄ができると、地元でひと息ついたり、つきあいの場として誰でも入れる気軽な居酒屋が生まれてくる。東京では下町にそんな名物居酒屋が多く、山の手や西地区にあまり見られないのは、地域の成熟がいまひとつなのだろうか。

中央線沿線は、戦後井伏鱒二ら文学者が移り住んで出版人や記者が通うようになり、それでは一杯と居酒屋にゆく。そんな人脈が居酒屋を育ててきたようだ。井伏が通ったという「北国」も中野に健在だ。中央線独特のカルチャーは居酒屋にも当てはまり、特徴はどこも個性的なこと。漫然と居酒屋なのではなく、店主の人生観がはっきりし、我が道を行く気風がある。

中野の「第二力酒蔵」は二時から営業の大衆酒場。沿線最古参と思われる大正一一年創業の「らんまん」は、看板建築の古い店内がすばらしい。小さな炉端焼の「路傍」はじっくり語るいかにも中央線的な店。高円寺の沖縄居酒屋「きよ香」はファンが多い。

阿佐ケ谷は中央線の一大居酒屋ゾーンで、北口スターロードに延々と続く店はどこも入ってみたい気持ちをそそる。朝までやってる大衆割烹「暖流」は演劇人御用達。開店三二年になる「かわ清」は東京の本格焼酎居酒屋の草分けで、三つの甕に入る焼酎は絶品。その先の「善知鳥」は小体な酒亭。さらに先の「可わら」は渋い大人の居酒屋だ。「与っ太」は古くから知られている。南口にはかつて着物の女将が端座してお燗番を勤める「北大路」という名酒亭があり、将棋の升田幸三名人が羽織に下駄で飲みに来ていた。

荻窪の「播州」はこれぞ中央線と言える店で常連が夜な夜な集い、賑やかな話題にこと欠かない。「いちべえ」は日本酒のそろえがすごい。西荻窪の北・南口両方にあるやきとり「戎」は誰もが知る。北口の「真砂」はローストビーフが名物のお座敷居酒屋。その先に「はるばる亭」から独立した「高井」が最近開店、「やきとり雅」も酒ぞろえがすごい。

客はちょっと古い言い方だがニューファミリー風が多く、小さな子供も平気で連れてくる。きちんとしたお勤めらしき女性同士が会社帰りに普通に飲んでいる。沿線住人はいつしか自分にフィットする個性の店を見つけ、常連となってゆくようだ。また、オッと目を引く美女と気の弱そうな男のカップルが目立つのは不思議だ。古くからの盛り場やターミナル駅ではなく、通勤電車沿線が特色ある居酒屋風景を作っているのは、近代的な現象と言えるかもしれない。

*「はるばる亭」「可わら」は閉店。「善知鳥」は西荻窪に移転。

(『東京人』二〇〇五年)

ゴールデン街は男の条件

新宿花園神社隣り。せまい小路五本の両側にびっしり並ぶ木造二階家に林立する、赤や青に光る看板また看板。

六本木ヒルズだの東京ミッドタウンだの〝トレンディ〟な街とはあまりにかけ離れた、戦後のままのような泥臭い飲み屋街に、東京にまだこんなところがあったのかと驚くかもしれない。しかもほとんどのドアはぴたりと閉じて、容易に中をうかがわせない。こわごわでも入ってみたいが勇気がいる。

ゴールデン街を伝説にしたのが、一九六〇年代の新宿アングラ文化全盛期だ。映画、演劇、文学、美術、デザイン、写真、ジャズ、舞踏などの実作者に評論家、編集者も加わって毎夜、痛飲、議論、喧嘩が繰りかえされた。大島渚、唐十郎、野坂昭如、田中小実昌、色川武大、殿山泰司、斎藤龍鳳、佐藤重臣、中上健次などなどのバリバリの硬派だ。当時大学生だった私も噂は充分聞き、昼間「見学」に行ったが入れるわけはなく、戦闘的文化人はこういうところで飲むんだと思った。

やがて私もいつの間にか通うようになった。一番なじみは「深夜＋1」（深夜プラスワン＝通称・深プラ）だ。マスターは孤高の現役コメディアンにして「日本冒険小説協会会長」の内藤陳氏（通称・会長）。店名はギャビン・ライアルのハードボイルド小説『深夜プラス1』からとった。私は会長こそ男の中の男と、淋しくなるとここのドアを開け、会長のニヤリ笑いを見に行く。

三坪、カウンターのみの店にあるのはウイスキーと豆だけ。しかし冒険小説系の作家、編集者でこの店を知らぬ者は〝一人も〟いない。店は小さくとも、世界の作家が訪ねて来て飲んで行く。私が「男の中の男」と尊敬するのは痩躯にして酒飲みの会長の「誇り高い」生き方だ。誇り高いというのは威張っているということではない。その反対にどんな大物も学生も、金はあってもなくても、男の心意気さえ感じれば「一杯飲もう」とニヤリとする懐の深さだ。

手伝うのは伝統的に学生アルバイトで、今や売れっ子作家となった馳星周氏もその一人だった。東大生もいて、ずいぶん前に私がある女性編集者と行ったとき彼女がつい「なんでこんなところでバイトしてるの」ともらすと会長の目は鋭く光り、「今なんて言った」という顔で前に立ち、私は慌てて女の脚を蹴飛ばして早々に退散したことがあった。会長は店ではなく、そのバイト学生のプライドを守ったのだ。

二〇一一年に亡くなられた会長を継いだ須永さんは大学卒業後、映画俳優の道を進みながら夜はここだ。腰のガンベルトにはコルト・ピースメーカー・マグナムがおさまる。来週から慶応大文学部の一年生が来るので少し楽になると笑った。

「ククラ」のマスター外波山文明氏（通称・トバさん）は劇団「椿組」の役者で、演劇好きの私にはおなじみだ。歌人の俵万智さんさんがここでしばらくアルバイトして出版関係者に話題になった。今手伝う美人のお姉さん佐々木絵理香さんは、大学生の頃から人と人の触れ合うゴールデン街を気に入り、ここで働こうと志願してきた。

昨年新宿コマ劇場で芝居を観た後、一軒はしごしてからここのカウンターに座ると、隣りで一人で飲んでいる白マスクの人が「太田さんですね」と声をかけてきた。なんとなく覚えのある声だがわからない。マスクをはずすと、何と今観てきた芝居に出演していた歌手の前川清さんで驚いた。私の居酒屋番組を観てくれているそうで恐縮したが、大物芸能人なのに仕事の後、一人でゴールデン街のカウンターに座るところがいい。これがこの街の魅力だ。

「汀」のオーナーは〝最後の歌謡曲歌手〟魅惑の渚ようこさん。私の大々好きなダンス集団「デリシャスウィートス」のコケット名花・竹部さんが手伝うのもうれしい。

ちあきなおみの曲しかかけない「夜間飛行」も、ちあきなおみを聴きながらの一杯に行く。

これらはわりあいディープな店だが、新しい人の気軽なバーも増え「PITOU」は写真をやっているママ佐藤朋英さんが、若い芸術系の客に優しい。

どこも酒と簡単なつまみしかない小さな店で、いやでもマスターやママと顔を向き合う。そして話をする。話は人と人の共感であり、勝負であり、連帯だ。携帯メールでしか会話のできない今の人にこれができるか。

思うに一流スーツを着て三つ星レストランに行くよりも、一人でゴールデン街のなじみにふらりと入れるほうが男のクオリティは高い。三つ星が誇り高いのではなく、店は汚く値段は安くても「そこで迎えられる客であることがクオリティになる」店こそが誇り高いのだ。金はあまりいらない、必要なのは知性と度胸と心意気だ。男はゴールデン街に行きつけを持たねばならない。

(『GQ』二〇一〇年)

男の中の男＊

ずいぶん前のこと。作家・川上弘美さんと飲むことになり、二軒目にゴールデン街の「深夜＋1」に入って一芝居うつことにした。私がある時点で用意の拳銃をかまえると、ボニーとクライドよろしく川上さんは後ろからしがみつく。「黙って手を上げろ。売り上げをカウンターに置け、細かいのはいらない。おっと、顔の長いの、動くんじゃねェ」（ややあって）「ち、これだけか。じゃオレが置いてゆこう、釣りはいらねえ」。こういう段取り。

重いドアを開けると会長・内藤陳さんはカウンターに居た。注文のウイスキーソーダ割りをひと口飲んだ私は後ろを向き、三角折りのバンダナを顔に巻いて立ち上がり、愛用のベレッタを構え用意の台詞を吐いた。奥の須永さんは反射的にいつもの腰のガンベルトに手をかける（本当です）。ゆっくり手を上げた会長は嬉しそうにニヤニヤ笑い、おもむろに言った。

「お若いの……撃鉄が起きてねえよ」

慌てて手元を見るとすかさず会長の手が伸び銃をうばった。強奪作戦は失敗。うなだれてバンダナをはずして座り、「ソーダ割り、おかわり」と言った。

後日ひとり淋しく行くと言われた。「ギャングはやめたのかい?」「足を洗った」「そうかい、あっははは、まあ地道にやれや」とニヤリと一杯注いでくれた。

*

いつごろから「深夜+1」に通い始めたか忘れたが、人に連れられたのではなく一人で入った。そしてすぐに会長の「男に惚れた」。

一九九七年、椎名誠さんのホネ・フィルム製作オムニバス映画『しずかなあやしい午後に』の一編、和田誠監督の『ガクの絵本』の奥会津ロケに会長が検疫官の役で出演し、鮮やかな一場面を演じた。手伝いで来ていた私は、翌日帰京する会長をアテンド同行することになった。酒場なら軽口もたたけるが昼の新幹線に二人は緊張する。失礼のないように身を堅くしている私に会長は話題豊富に話しかけてくれうれしかった。福島駅で買った薄皮饅頭はお住いの大家さんへのお土産で、「年一回、これで義理はたつんだ。なんだか気に入られて、一生いてくれと言われてるよ」と笑った。

「深夜+1」は日本冒険小説協会公認酒場で、その会員ではない私は「会長」と声をかける資格はないが、「内藤さん」では他人行儀、私が歳下では「陳さん」とは呼べず、その点「会長」は具合がよく、またギャングの一味のようで言葉に出して快感があった。会長は丁寧に「太田さんは」と言ってくれて恐縮した。ある時は深プラ常連に紹介してくれた。

最後に見た会長のライブステージは二〇〇八年、新宿コマ劇場「渚ようこ・新宿ゲバゲバリサイタル」だ。幕間に登場した会長と須永さんは十八番の「ガンマンの決闘」で至芸をみせた。

「深夜＋1」で最後に会ったのは、二〇一〇年、新宿の居酒屋で大沢在昌さんと対談を終えたあとご一緒した時だ。会長は「妙なコンビだな」とニヤリとされた。いつものように一杯さしあげたかったが、体調を崩されていて無理だった。

二〇一一年九月、入院中の会長を励ます「会長大生誕祭」に、何を置いてもの気持ちでうかがった。車椅子で参会した会長を囲み、まずは溢れんばかりのファン全員の記念撮影。北方謙三、大沢在昌の御大二人に囲まれてご機嫌の会長のはるか後ろに私も写っている。

集まりも終わりに近づき、うながされた会長が手を添えられて立ち上がり挨拶した。初めはいつもの名調子で皮肉をきかせていたが、突然ぐっと言葉につまってうなだれ、会場は静まり返った。会長が人前で涙を見せてはいけない。私は思わず「会長！　まだいける！」と檄を飛ばし、それがきっかけで声が飛び拍手がわき、会長は面を上げいつものニヤリ笑いがもどった。そしてその年一二月二八日、亡くなった。

会長こそ男の中の男だ。誇りをもち、男と男を重んじ、つねに気の利いた台詞でニヤリ笑いをうかべた。

（日本冒険小説協会会報『鷲』93号／二〇一二年）

下町と山の手の商店街でほろ酔い

●葛飾区立石・仲見世商店街

葛飾区立石仲見世、午前一一時。商店街散策を楽しもうと、くたびれた中年（私）、美人編集者Tさん、若いカメラマンW君の三人が集合。W君の注文に応え、黒澤明の映画『用心棒』の馬目宿に入る桑畑三十郎よろしくアゴに手をやった。

立石仲見世通りは終戦後に自然発生した立石マーケットにはじまる。アーケード屋根の通りは全長約一三〇メートル。幅は四メートルと狭く、両側に並ぶ五〇軒ほどの小売店をぶらぶら歩きながら見られる市場感覚で車はもちろん入ってこない。

入ってすぐ右が立石にその名も高い、熱狂的ファンのいるもつ焼「宇ち多《だ》」だ。開店一時間前にすでに三〇人ほどが入口に集まり、ならばと裏口に回るとこちらも同じで、刑事《デカ》のガサ入れよろしく表玄関・裏口をふさぎ、いまかいまかと開店を待つものものしい空気だ。一五年ほど前ひとりで来た時も超満員で、白衣の店員が焼酎一升瓶を抱え、店内を巡回する光景は迫力があった。

「こっちはまだ、だいじょうぶですね」

Tさんが言うのは入口角の、こちらも立石にありと知られる立ち食いの「栄寿司」だ。支度は始まっているがまだ客は並んでいない。早めに来ようと確認して歩き出した。

野菜、肉、魚、せんべい、豆腐、揚物、餃子。溢れんばかりの食品は見ていて楽しい。「お総菜味自慢　花家の天ぷら」「ズボン・ヂャンパー　こがね衣料品店」「洋品のダイマル」など古風な店名の古風な看板がたまらなくいい。「珍味食料品　玉起屋」の、炊き上がった大根煮、肉じゃがの盛大な湯気に今すぐ箸を出したい。歳末大当たりラッキーセールの景品は一等・現金一万円から三等・現金百円まで。歳末ジャンボ何億円よりよほど健全だ。古美術「いってん堂」の籠から、矢羽根に松竹梅柄の粋な細身そば猪口を冷や酒用にゲット。前の「良品廉価の店　田上洋品店」の若いおばさんから「太田さん、テレビ見てます」と握手され恐縮。郊外の大型店と違い、商店街は一軒一軒の店の頑張りを知り、人と人が声をかわす楽しみがある。

ひと回りして戻ると、ややタイヘン。「栄寿司」は定刻一二時前にもう客が入っている。我々も加わり、やがて舌鼓を打っていると、後ろのガラス戸からコツコツ音が聞こえ、小さな男の子が「はやくしてよ」の顔でにらむ。ごめんごめんでお勘定。「宇ち多」もとうに開店したが待つ人はまったく減らず、覗いた店内は立錐の余地もない熱気だ。いずれは入れるかなあ。これも懐かしい看板「喫茶軽食 松栖屋」でひと休み。私はお雑煮、Tさんはクリームあんみつ、W君は安倍川餅でニコニコした。

さて今夜のお楽しみ、居酒屋を下見しておこう。駅北側の鳥肉店「鳥房」は大きな鉄鍋二つでジャーと必死に鳥丸揚げを揚げ続けるが、客は引きも切らず、包む女性も手が止まらない。夜は奥の店でこれでビールだ。その先の「呑んべ横丁」のアーケード看板にぴたりと足が止まった。けれん味ない骨太筆字、昔のアサヒビールの赤いマーク、からまる緑の葉も美しく、これほどの堂々たる横丁看板は今や稀だ。その奥の狭い小路二筋の左右は居酒屋、スナック、バーの密集した立石ゴールデン街の趣で、東京にまだこんな飲み屋小路が残っていたかと感嘆。

仲見世にもどり開店午後二時の居酒屋「二毛作」へ。筋向かいは「宇ち多」、正面奥はもつ焼「ミツワ」、仲見世スクエアとも言うべき絶好の場所だ。オープンは昨年四月と新しく〈贈・宇ち多〉と入る新品暖簾はご祝儀だそうで、店同士仲良しなのがうれしい。ここは隣りの「丸忠蒲鉾店」の息子さんの店で、名物おでんは店頭売りをときどき取りに行く。

「ははあ、それで二毛作」

まあそうです、とハンサムな笑顔がさわやかだ。冬だけという牡蠣のおでんはおつゆたっぷりでとてもおいしく、牛スジ煮込みは仲見世入口左のこれも有名な、コロッケ・メンチカツに行列が絶えない「肉の愛知屋」の牛スジだ。店で牛スジは売ってないので「ウチ専用ですよ」とハンサムマスターが笑う。本格カクテルも出す「二毛作」のセンスよい店内は居心地よく、ぶらぶら歩きの買物客を眺めながら昼から一杯やるのはなんともいい気分だ。

五時の鳥房はもう客で埋まっていた。順番に席を決め、注文を紙に書き、店頭の揚げ場に伝えと、店の人は一心不乱。お目当ての鳥半身揚げは「ゴーゴー（五五〇グラム）二つ」「ロクハチ（六八〇グラム）三つ」と注文が飛ぶ。目方で正確に値段を算定するのは小売店の誠実さだ。我々の「ロクロク」は大きく、メリメリと裂いて食べる唐揚げのなんとうまいこと。「クリスマスはこれがいいわ」Tさんがぽつりともらした。

さあて仕上げは再び仲見世に戻りミツワだ。さっき「後で来るね」と声をかけてある。

「来たよー」

「あらー、今日はもう何もないのよ」

え！　開店は五時でしょう？　今まだ六時半、すごい人気だ。「宇ち多」もとうに閉店している。落胆して通りのベンチに座り込んだが、最後残りの〈だんご（つくね）〉と〈ねぎま〉はとてもおいしく、透明なチューハイによく合う。向かいの二毛作も依然満員だ。

ぼちぼち夜七時。商店街は店仕舞いを終えガランとしてきたが、まだうろうろする人はいて（我々も）、この雰囲気を楽しんでいる。片づけを終えた栄寿司の親方が自分で肩をトントンと叩いて通りかかり、「昼はごちそうさん」と声をかけると「あ、どうも」と笑ってくれる。丸忠蒲鉾店のお母さんが「息子がお世話になりまして」とわざわざ来てくれ恐縮する。わずか一日でいっぱい知り合いができた。

●世田谷区武蔵小山・パルム商店街

一週おいた午後三時。今日は武蔵小山パルム商店街だ。駅前からまっすぐ延びるアーケードはたいへん長く、彼方の出口は見えない。こちらは衣料、家具、薬、メガネ、ジュエリー、携帯電話などの日用品が中心だ。〈公立中学校標準服店〉に荏原一中・二中・目黒三中・四中などの制服が並ぶ。「ぼくはあれでした」と言うW君はこの先の戸越銀座に住み、そちらの商店街は食品中心。目黒区と品川区に接する武蔵小山、西小山、戸越銀座はほとんど切れ目なく続く一大商店街で、W君は「いちど隅から隅まで歩いてみたかった」と念願かなった様子だ。

今日もお目当ては商店街の居酒屋。武蔵小山駅近くの「働く人の酒場　牛太郎」に入ると、コの字型カウンターはすでに超満員、待つ人が後ろに座る。まだ四時ですぞ。古い酒場はルールがあり、しばらく観察して会得。タイミングを見て「ビール大一、煮込み一、とんちゃん一、カシラ、テッポウ、ハツ各三本」と素早く注文すると、伝票に書き、洗濯ばさみに挟んでカウンターに置く。テッポウは何だか分からないがどうせ一本七〇円だ。「とんちゃん」なるものはガツの蒸し焼きでニンニク、ネギ、ショウガなどの独特のタレが効く。ここは昭和三〇年に北千住から移ってきて武蔵小山の名物店になったという。

さらに足を延ばした西小山は目黒区、品川区と線路をはさんで商店街が枝分かれし、にこま通り、弁天通り、えびす通り、すずらん通りなど、通りが変わるたびに街灯のデザインも変わる。こちらの歳末大抽選も一等・レストランお食事券、二等・タラバガニ、三等・現金つかみ取り、残念賞・五〇円とつつましいところがいい。現金つかみ取りは子供を張り切らせ、当たったタラバガニは一家を喜ばすことだろう。商店街には家庭の幸せがある。

目黒区側ニコニコ通りの「西小山酒房　やきいち」は「開運」「飛露喜」など名酒が揃い、一七〇円の〈味しみうず玉（うずらの煮玉子を焼いたもの）〉は意外なうまさ。映画俳優のような男前店長によると、このあたりは職場から帰り、家につくまでに一杯やる地元客がほとんどで、混むのは九時以降。夜は二時三時が普通なのだそうだ。

ぶらぶら歩いているとき「テレビ見てます、うちもお店やってます」と声をかけてくれた人の店は、品川区側商店街を抜けた桜並木の、ガラス張りのすてきなカフェだ。「あそこで休みたいわ」Tさんの提案で中へ。白いギャラリーのような店内に白木の机が明かるい。開店一年、「カウラ」という店名はオーストラリアの地名で、それを知って訪ねてくる客もいるそうだ。その一人というカメラマンの撮った羊の写真が愛らしい。赤ワインと〈かぼちゃときのこのキッシュ〉がおいしかった。

武蔵小山にもどり、居酒屋「釧路食堂」で注文した「釧路の夜サワー」はジンジャーエールがヒリリと刺激する。Tさんの「霧にむせぶサワー」は赤紫色だ。名物「ザンギ」は鳥の唐揚げ。商店街のご三家は〈焼鳥・唐揚げ・煮込み〉で、店頭にも居酒屋にもどこにでもある。「武蔵小山はおしゃれなもの以外は何でもある」というマスターの意見にW君が深くうなずいた。

さあて本日シメは武蔵小山パルム商店街隣りの、縦横に入り組んだ小路に小さな酒場がぎっしり詰まる一大飲み屋街だ。特に名はないようで「飲食街」というだけのサインがものたりないが、立石「呑んべ横丁」といい、ここといい、商店街と飲み屋街はペアだ。

小路十字路角の「我楽多酒坊」は居心地がいい。黒糖焼酎「長雲」の長期熟成はラムに似て、自慢の〈もつ煮込み〉のほろ苦い味噌味とよく合う。ニット帽にひげのマスターはアメリカに長く住み、働く店のカウンターで歌手ビリー・ジョエルが前に座り緊張したそうだ。アメリカのフランクなカウンターバーのよさを生かした店内はガラス窓から外がよく見え、安心感からか客は女性の方が多いかもしれませんというのに納得できる。

この店も客が来始めるのは九時頃。家も近づいてホッとし、自分に返った素顔を見せ、マスターにさまざまな話をするそうだ。我々はにぎやかにやってしまったが、隅で日本酒を傾ける妙齢女性一人はマスターと話したかったのかもしれない。うるさくてすみませんでした。

生活感ある商店街の続く町の酒場は、職場同僚とも、飲み会とも離れ、ひとりに返る場所だ。二毛作・ミツワ・牛太郎・我楽多酒坊……よい酒場をたくさん知った。また来ようと椅子を下りる私に、近所住まいのW君は「ぼく、もう少し飲んで帰ります」と手を振った。

（『東京人』二〇〇八年）

江東区・居酒屋双六

江東区の西を南北に通る清澄通りは、居酒屋ファンに〝下町居酒屋ロード〟と信頼厚い。森下交差点を振り出しに〈江東区・居酒屋双六〉巡りといこう。

東京中の居酒屋ファンを森下に集めるのが「山利喜」だ。大正一三年、山田利喜造が創業。昨年暮に新築落成した本館は、中部ヨーロッパを思わせる五階建て石造りビルで度肝を抜かされたが、巨大赤提灯、豚君イラストのれん、お出迎えの石狸もそのままでミスマッチがおもしろい。八丁味噌による名物煮込みに、最近はすっかりワインが定着し、店を大きくしたのに今日も変わらず満員だ。近くの清澄通り新館もたいへん居心地が良い。

山利喜と新大橋通りをはさんだ向かいの「季助」は名酒揃えと大皿料理の家庭的な居酒屋。こちらで煮魚でもつつきながらじっくりやるのもいい。高橋《たかばし》に寄った商店街

「のらくロード」が東へ尽きるあたりの小さな居酒屋「栄ちゃん」は、知る人ぞ知る魚のおいしい店。深川神明宮で祝言した主人夫婦の江戸前の仕事は東京の職人を感じる。ここのカウンターの一杯、気分は「深川情話」。

小名木川から横十間川を渡り、清州橋通りを進んだ「山城屋酒場」は創業昭和二八年。筆太の大看板「山城屋酒場」、黄色の「大衆酒場食堂」、さらに紺のれん「山城屋」は、下町大衆酒場の典型的な構えだ。中は小カウンターと机二つ、つき当たりは三畳の小上がり。昔の建物は天井が高く、格天井の羽根扇風機はクーラーのない時代に夏の客をほっとさせたことだろう。「江東区立第二南砂中学校　第三一回全国バレーボール選手権大会」記念写真の下は夕方のバス時刻表のメモで、店のすぐ前はバス亭「北砂一丁目」。お帰りはバスで。

刺身、いわしフライ、はんぺん焼、厚焼玉子、にこごりなど、四段に連なる品書ビラの〈目玉焼二七〇円〉がかわいい。今日は白子鍋が人気だ。乗ったタクシーの運転手さん推薦の〈まぐろ上ブッ切り〉と、若い男客がもうれつにかき混ぜている〈スタミナ納豆〉をおいらも注文。納豆・上まぐろ・タコぶつ・刻み山芋・玉子黄身・葱・山葵・糸海苔の大鉢を、真似してもうれつにかき混ぜると、うまいのなんの。

てきぱきしたおかみ晴美さんを中心に、弟さんと息子、父母の親子孫三世代。小上がりに腰かけるお母さんは、ご主人より半年先の大正一五年生まれ。名は「愛子。恋愛の愛、きゃはは」と笑う。客の皆がこの家族の一員になっているような温かい空気は、これぞ下町酒場の宝庫・江東区の居心地。住吉駅近くの「山城屋酒場・住吉店」は親子店、こちらは白い大暖簾を目印に。

江東区の酒場で最もディープな一軒が木場の「河本」だろう。大横川、平野橋たもとの道路から一段さがった角の古い一軒家は、運河の発達した江東区らしい水辺の風景をみせる。名所の土産提灯や飾りものがぎっしりの雑然とした店内は、八の字カウンターの角におでん槽、横の大鍋は煮込み。煮込みは下町酒場に欠かせない品で各店が個性をもち、ここはシロ（腸）とコンニャク少しのシンプルな仕立て。シロのふわふわした脂が独特でたいへんおいしく、ホッピーとの相性は抜群だ。中に立つ細面の真寿美さんはご高齢なれど、大きめ長袖シャツに黒ボタン開きベストが若々しく、似合うと言うと「すいませんね」と胸前でぱちりと手を叩く。「ホッピー追加ね」「何本め？」「それ言わせるなよ（笑）」。客は皆、真寿美さんのとぼけた応対がおもしろくて来ているようだ。一方ご主人は奥で猫相手にひっそり。酒も肴も品数少ない古いす

東京の居酒屋横丁をゆく

居酒屋は横丁が似合う。縄のれんから灯りがこぼれ、夜風が酔った頬をなでる。車の入らない道は千鳥足でも安心だ。〝袖摺りあうも多生の縁〟細路地の奥から着物のお姐さんがやってくると心ときめく。大通りのビルでは、こうはいかない。横丁に正統派居酒屋あり。名のない横丁はおいらが命名しよう。

●渋谷　のんべい横丁

渋谷を通過する山手線の窓から、線路沿いの、屋根にクーラー室外機をずらりと乗せた古い飲み屋横丁を見ている人は大勢いるはずだ。「のんべい横丁」とはいかにもの名前だが、線路土手に並行する長い棟割り長屋二棟はすべて酒場。夕闇の線路際に紅白提灯が緑の柳をぼおっと照らす光景が酒飲み心を誘う、理想的な酒場小路だ。

巳芸者から名を取った飲み屋横丁「辰巳新道」だ。深川木場の旦那衆や商船大の学生さんが徘徊した雰囲気を残す景観は昭和遺産に残したい。門前仲町から清澄通りを北上し、「魚三酒場・高橋店」を過ぎると振り出しの森下交差点。〈江東区・居酒屋双六〉めでたく「上がり」。

……おあとがよろしいようで。

＊「初乃」「浅七」は閉店。(『東京人』二〇一〇年)

昼は外食しよう。麺だ。

このところおいらのお気に入りは「酸辣湯麺」。あちこちで食べた結果、京都「膳處漢」、目黒「楊州商人」、代々木「山水楼」が日本三大酸辣湯麺と決定、もう一軒加えるなら赤坂「榮林」だ。

今日は山水楼にしよう。何の変哲もない町中華。歳とったらやっぱり外食は中華だな。麺でも、炒飯でも、中華丼でも、何でも一皿でこと足りる。餃子もつけたら豪華だがカロリーオーバーは糖尿病のもと、我慢しよう。あ、明日は最後の晩餐か。

「お待ち」

無愛想にドンと置くのが町中華のよさ。「こちら酸辣湯麺でよろしかったですか」などと気持ち悪い言い方するな。大丼なみなみのおつゆは、千切り椎茸、きくらげ、細切り豚肉が、黄色のかき玉子でとろりととじられ、真っ赤なラー油がかけまわされる。まずレンゲで熱々のおつゆを。

フーフー、ズスー……アー
感嘆詞は顎を上げて発する。以下一心不乱無我夢中忘我昇天。

アー。最後の箸を置いた感嘆詞はさらに深くなる。満足して見回す店内は、もうひとつの名品「高菜麺」の客も多い。一品がうまい町中華はたいてい他の品もうまく、たんだな。

それはともかく、朝ご飯には味噌汁。まあ若布と豆腐でいこう。おかず。おかずの定番はやっぱり納豆だ。

「なっと、なっとー、なっと、いーとひきなっと」。冬の朝、糸を引くように「いーと」を長く伸ばした自転車の納豆売りの声が聞こえると、母が「カズヒコ納豆買っといで」と十五円渡す。「うん」とおいらが元気よく駆け出す背中に「辛子、青海苔たくさん」と声が追う。「おじさーん、納豆ひとつ、辛子、青海苔たくさん」。三角経木を開けて辛子をぺったり塗ったのを抱えて帰り、丼で猛烈にかき混ぜるのもおいらの仕事。母は「納豆はかき混ぜると量が増えるんだよ、畑の牛肉と言って栄養もあるし」と言っていたが、後半は「たまには肉を食べさせてやりたい」という言い訳だったかもしれない。ああ、母の愛よ。

涙ぐんでいる場合ではない。糸を引く粘りがたっぷり出たら、大量の刻み葱を入れてさらに混ぜ（初めから葱を入れると粘りが出ない、醤油も最後）。仕上げに水を絞った大根おろしを投入するのが太田家流、さあできた。

わしわしわし。朝ご飯終わり。

＊

大学だより

二〇〇〇年から二〇〇七年にかけて山形市にある東北芸術工科大学で教えたとき、読売新聞・東北版に月一回の連載を頼まれ、大学の日々を書いた。

●大学に通い始めて

四年前、山形市にある東北芸術工科大学から教職の打診があったときはたいへん戸惑った。

一つは、教えるべき内容が私にあるのかということだ。私は大学を出てすぐ資生堂にグラフィックデザイナーとして入り、二〇年後に独立して日々デザインの仕事を続けているが、アカデミックなデザイン教育について特別な経歴を持つわけではない。しかし、「現役デザイナーとして、現場で日々実践していることを学生に伝えてもらいたい。そのためにわざわざ東京から来ていただくのです」と聞き、それならばできるかもしれないと思った。

四章　山小舎の灯

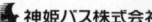

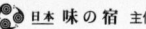

小学館文庫

月《つき》の下《した》のカウンター

著者　太田和彦《おおたかずひこ》

二〇二一年三月十日　　初版第一刷発行

発行人　鳥光 裕
発行所　株式会社 小学館
〒一〇一-八〇〇一
東京都千代田区一ツ橋二-三-一
電話　編集〇三-三二三〇-五五一五
　　　販売〇三-五二八一-三五五五
印刷所――凸版印刷株式会社

ISBN978-4-09-406897-9

すけた酒場に、ここそわが場所という常連がしっかりついている。
木場から西へ。越中島の「初乃」は、五〇年続いた老舗「初乃寿司」を三代目が居酒屋に変えた落ちついた大人の小料理居酒屋で、若女将は着物のモデルにしたいような美人だ。日本酒の品揃えがたいへんよく、寿司の技をいかした板場のお父さんの肴とともに、くつろげる店にしている。〆鯖に燗酒で一杯。浅蜊・葱・白滝を塩胡麻で炒め、海苔と一緒にご飯に盛った〈深川めし初乃風〉はシメに最適だ。

さあていよいよ上がりの門前仲町にたどりついた。「門前」は言うまでもなく富岡八幡宮。通称モンナカ、地元はナカチョウと言う。四時の開店前からぎっしり行列のできる「魚三酒場」は魚屋から出発した創業五三年になる名物酒場。一、二階はコの字のダブルカウンター、三、四階は座敷、下から上まで常時満員の熱気がいっぱいだ。そのわけは季節のあらゆる魚の品揃えと値段の安さ。初めての人はびっしり三段に貼られた品書から選べず、ぼう然としている。

そのすぐ裏の「浅七」は、まったくタイプの違う落ちついた大人の晩酌処。『豆腐百珍』『蒟蒻百珍』など江戸の料理書を研究した主人のつくる〈焼味噌〉〈まぐろヅケ〉〈いりだし蒟蒻〉などの渋い肴はすばらしい。カウンター、板張り座敷、金網行灯の他は何もない武張った店内は池波正太郎『鬼平犯科帳』の世界。今にも長谷川平蔵が「ゆるせ」と入ってきそうだ。

永代通りを渡った裏の居酒屋「だるま」は、長いカウンターと化粧合板のテーブルを無造作に置いただけの殺風景な店ながら、いつ行っても明るく賑やかに混んでいる。その秘密はずばり家庭料理と美人姉妹！

姉と妹が年中無休一日交替で立つが、金曜日だけは豪華な姉妹競演となる。今日はお姉さん。豊かな髪、ぱっちりした眼、いつも微笑んでいるような口もとは山本モナに似てそれより美人。おいらは東京一の居酒屋美人お姉さんと断定する！（気合入ります）

「いらっしゃいませ」

「チュ……チューハイくらさい」

美人にアガる自分が情けない。去年急逝された、ダンディなフランス人のようなお父さんは興がのると客とダンスを始めたそうで、各国からやって来た客と交流する写真が壁を飾る。ここに最初に入ったのも、そのお父さんに「入ってかない？」と声をかけられたからだ。

近くの煮込み一品の小さな店「大坂屋」の奥は、江戸城辰巳の方角、粋で鉄火な辰焼鳥好きに実力を知られる「鳥福」の一階は六〜七人の小カウンター、狭い急階段の二階に三畳間の造りは横丁のどこも同じだ。開店は五時。カンカンに熾った炭火に手をかざして鳥串をのせ、団扇がバタバタと煽ぎ始める。大阪「錫半」製の重厚な錫ちろりで燗にしたコップ酒がうまい。

鳥福は戦前昭和七年に屋台で開業。戦後昭和二六年に渋谷の屋台が集まって組合で横丁を作り、鳥福も参加した。つまり横丁最古参の店だ。額に飾られた先代・村山佐喜雄さんの顔写真は、太い眉に戦前の落語家のような愛嬌がある。渋谷東急文化寄席の帰りに寄った講談師匠・一龍斎貞丈が撮った写真なのだそうだ。

今年六一歳の二代目主人・村山茂さんによれば、戦後の渋谷は恋文横丁や東急文化会館近くの第一栄楽街など横丁の町だったそうだ。つい先日、映画『恋文』（丹羽文雄原作／昭和二八年／田中絹代監督）で当時の恋文横丁の生々しいロケ場面を見たばかりで記憶がつながる。のんべい横丁は東大駒場や慶応の学生、サラリーマン、医者、先生、つまりカタギが多く、無頼派文化人の新宿ゴールデン街とちがい健全。それは井の頭線や東横線の土地柄によるのだろう。

村山さんは今は組合長だ。組合は結束がつよく毎月の常会を欠かさない。自分はここで四四年やってるがつぶれた店は一軒しかなく、代替わりで来た新しい人は必ず挨拶にくるそうだ。これも食べて欲しいんだけどと言う、主人自慢の野鴨に未練を残して二軒めへ。ついでにトイレ。横丁のお約束は共同トイレだが、女性には店が専用の鍵を渡すので安心だ。

のんべい横丁の美人ナンバーワン五嶋佳代さんの店「莢《さや》」はメキシカンムードの気楽なバーだ。最近立つようになった若いバーテンダーも緑Tシャツに黒のカーディガン、きざなハットの野郎スタイルで、瓶内醱酵の地ビール「ガージェリー」がうまい。

八年前、女性がのんべい横丁でバーを始めるにあたり、用心のため店の中が見えない造りにしたが、透明ドアのオープンなスタイルに変えてからは、逆に中が見える安心感で客が気楽に入るようになったそうだ。常連は自由業や音楽業界が多いという。

のんべい横丁は女性店主も多く、その草分け「ぶゐ」の八四歳の平野薫子さんがアルバイト女性をさがしていると聞き、莢の常連のタマさんを紹介した。平野さんはしつけの厳しさで有名だったが、「若い人が来てくれて楽しい」と喜んだそうだ。その後昨年七月に亡くなられ、店は「黍《きび》」の名で五嶋さんが継ぎ、タマさんが店長になった。そのタマさんが莢に何か借りに来て、五嶋さんに聞かれている。

「今夜のごはんは何？」

「鮭ごはんです」

頼めばここにも持ってくる。昔の長屋のように隣り近所で料理を出前し合うそうで、横丁の人情健在なり。

九時を回るとどの店も盛況となってきた。若者で占領された観の渋谷に、古き良き渋谷文化を知る大人はこの横町に集まっている。「まぐろ処」という店は脱いだ靴が通りに行儀よく並び、黒と金がインド王宮風の「ＰＩＡＮＯ」はピアノバーだ。

先々週も来た「バーＮｏｎ」に顔を出すと憶えていた。Ｎｏｎは一〇年目。今のんべい横丁にはバーは四軒ある。ここも入口はオープンな全面ガラス戸で、このあたりがきっぱり閉鎖的なゴールデン街とちがうシブヤ調なのだろう。「タマーに濃い人もいますが（笑）」客同士の面倒事はおきないそうだ。外で飲む外国人などもいるが組合方針で一応、通り飲みはご法度。「マカンブッサール」も古く、八〇歳のママさんは時々Ｎｏｎに飲みに来て「あんたも一杯どう？」と勧めてくれるという。店同士が世代を超えて仲良しの様子がいい。

のんべい横丁の健全さは、常に隣りの山手線電車を意識していられることだろう。終電の時間をきっちり把握して脱兎のごとく駆け出てゆくが、「だめでした～」と戻ってくるのもいるそうではほ笑ましい。ある鉄道マニアは二階に陣取り、終電の終わった山手線に入る貨物列車を「あれは何の何」と音で聞き分けるそうだ。

さあて気になる「黍《きび》」を覗いてみよう。一一月二〇日に開店して今日で一週間。今夜は最古参と最新開店の両方に入る格好になった。店内は白木と白のペンキが初々しい。焼酎お湯割りで、料理好き店長タマさんの「本日の土鍋・鮭ごはん」の炊き上がりを待ち、話を聞く。ぶゐ時代の客には演劇映画関係やNHKも多く、唐十郎、吉田日出子、緑魔子、苑文雀、三田佳子なども来たそうだ。

隣りに座る上品な婦人に声をかけるとアメリカ在住の方で、息子さんはフランス料理「ビストロ・ダルブル」が、のんべい横丁に出したバーの店主になったので寄ったという。そういえばそのバーは混んでいた。ご婦人はお酒は召し上がらないが、鮭ごはんをとても喜ばれ、なんだか嬉しくなった。

それではダルブルに顔を出さねばなるまい。店主・黒田憲一郎さんはまだ若い。

「今、お母さんと話してきたよ」

「あ、どうもありがとうございます」

心配かけんなよと言いたいところだが、余計だナ。立って飲むハイボールがうまい。莢にいた、のんべい横丁を徘徊する美女二人、通称・波平と髪の長いチエもここに来ていて話が通じてうれしい。自由で健全な横丁はすぐ友達になれて最高だ。

ふと外に目をやると先ほどのお母さんがそっと中をのぞいている。明日一番でアメリカに帰ると聞いたが、渋谷のホテルに戻る前にもう一度息子さんの顔を見に来たのだろう。そのまま声もかけずにそこを離れたのを見て席を立ち、外で声をかけた。

「またここで会いましょう」

「ありがとう。あの店をお願いね」

安心したように去ってゆく。のんべい横丁がますます好きになった。

●門前仲町　辰巳新道

池袋にあった「人世横丁」は昨年五月になくなり、今の東京飲み屋横丁の最高の風情は、江戸城辰巳の方角、鉄火肌で知られた辰巳芸者の名をとどめる門前仲町の辰巳新道だろう。二〇年ほど前に初めて来た時は入口に「辰巳新道」のアーチがかかり、柳の木が一本立っていたが、今はともになくなった。

Y字の横丁真ん中の「居酒屋ゆうちゃん」は店の外に提灯やホーローの看板、狸の焼物、ランプなどを並べて目立つ。五人でいっぱいの一階カウンターに元魚河岸の主人と息子さんの二人が立ち、息子さんの〈出汁巻〉はたいへんおいしい。

辰巳新道は昭和二六年に屋台を集め、一軒三坪が基本の長屋に作られた。当時は花屋、菓子屋、紳士服テーラーなどもあったそうだ。初代組合長は力士、今も元十両力士の居酒屋もあるというのが土地柄らしい。

「辰巳新道ではどこが古いですか?」

「そうですねえ、鳥信、久松、エコーあたりかな」

それではとのぞいた古い構えの「久松」はおかみさん一人にL字カウンター五席だけの、川島雄三の映画に出てくるような古典的な昔の小飲み屋の風情だ。古い細工の小窓に添えた栗と柿の投げ込みが奥ゆかしい。前のおかみさんは旦那が花の師匠だったが亡くなられ、素人でここを始め、その後を昭和三二年に引き継いだという。

「辰巳新道にあった『おまさ』を憶えてられますか?」

「はい、元フロリダダンサーの方」

およそ二〇年前、朝日新聞にこんな記事が載った。

〈辰巳新道の居酒屋「おまさ」の鈴木政子さん(八四歳)は、戦前日本一と言われたダンスホール・赤坂フロリダのトップダンサー。当時のダンス券に使われた鈴木さんの写真は大変な美人で評判を呼んだ。引退して店を持ち、常連だけでひっそりと続けている〉

赤坂フロリダは三〇歳で夭折した美貌の映画スター桑野通子をはじめ、高杉早苗、小桜葉子も踊っていたというホールだ。その話が聞けるかもしれないと、記事を見たしばらく後に「おまさ」を訪ねたが、鈴木さんはすでに亡くなられていた。

「すらりと背が高く、姿勢のよい人でしたよ」

同じ辰巳新道の「はす喜」という店も、おまささんの妹分とでも言うべきフロリダダンサーだったという。

その時入って、おまささんが亡くなったのを教えてくれた居酒屋「田子山」も別の店になっていた。田子山のマスターはもと流しのギター弾きで近江俊郎を尊敬し、私のリクエストに応えて「湯の町エレジー」を歌ってくれたっけ。

カラオケ「エコー」は昭和四三年の開店。当時カラオケはなく、ジュークボックスの時代で、隣りの深川は旦那衆の通う芸者町、こちらは木場の若い衆や商船大の学生が来た。近くの高速道路下は昔は運河で米相場が立った。木場が新木場に移ると材木関係の客も減ったそうだ。

昔話を聞いていると背広の会社員が二組、相次いで入ってきた。早速なにか機械を操作して歌い出す。しばらく聞いて外に出ると、雨上がりにネオン看板が移りこんで、古い映画の中にいるようだった。

●根岸　お師匠小路

東京居酒屋御三家のひとつ（と私が言う。他は湯島の「シンスケ」、大塚「江戸一」）「鍵屋」は安政三年（一八五六年）酒屋ではじまり、昭和初期から店の隅で飲ませ、戦後居酒屋になった。江戸の建物で酒が飲めると文人芸人に愛されたが、言問通り拡張のため移転し、旧建物は小金井の江戸東京たてもの園に移築保存された。

移転した先は踊りのお師匠さんが住んでいた裏路地の大正時代の二階家だ。懇意の棟梁が存分に腕をふるって居酒屋に変え、剛直で粋な江戸前仕事を残した。品書は昔となに一つ変わらず、銅壺の燗付器の燗酒も変わらない。おすすめの肴は鰻の〈くりから焼〉と冬の〈煮こごり〉だ。

言問通りに並行する裏路地は、黒塗り土蔵の大きな質屋のほか店一つなく、塀を回した玄関の普通の民家の門灯がぽつりと灯る光景は、大正東京の夜、ひっそりとよそのお宅を訪ねる空気が濃厚に残る。この通りを「お師匠小路」と名付けよう。

●神楽坂　毘沙門横丁

本多横丁、小栗横丁、みちくさ横丁、芸者新道……。いま東京で一番人気の神楽坂は横丁の町。坂を上りきった毘沙門天《びしゃもんてん》前の横丁の扇状に敷き詰めた石畳を照らす「御酒　伊勢藤」の行灯は、神楽坂随一の光景だ。創業昭和一二年。最初の建物は戦災で焼け、いまの家は昭和二三年に昔通りに建て直したものだが、それでも六〇年を超えた。酒は「白鷹」樽酒のみで基本はお燗。囲炉裏の灰に埋めた銅壺の燗酒はやわらかく腹におさまる。一汁四菜が決まりのお通し、毎月一五日と晦日は蕎麦がつく。「酒は静かに飲むべかりけり」ここは静かに飲む酒がルール、にぎやかにやりたい人はどうぞよそへ。鍵屋は女性だけの客はお断り、伊勢藤は声高な客は注意される。東京の居酒屋は店の流儀に従わされ、そこがいい。この横丁に名を付けるのなら「毘沙門横丁」、略称「モンヨコ」はいかが。

●銀座　金春小路

銀座の金春通りはここにあった能楽金春流の屋敷から名が付いた。幅一メートルほどの細路地・金春小路はその枝分かれ。中ほどの居酒屋「樽平」は創業昭和二年。空襲を免れた戦前の家の二階の、今は少なくなった昔の座敷の造りがいい。山形・樽平酒造の直営店で、地酒「樽平」のほか日本一の辛口「住吉」が飲める。山形鶴岡出身の作家・藤沢周平もこの店を愛した。

金春小路は映画にもよく登場し、『あした晴れるか』（昭和三五年／中平康監督）ではカメラマン役の石原裕次郎と生意気アシスタントの芦川いづみが、今と同じ「樽平」の店名行灯前を走り抜ける。『新東京行進曲』（昭和二八年／川島雄三監督）、銀座が舞台の傑作『セクシー地帯《ライン》』（昭和三六年／石井輝男監督）にもこの小路は登場し、映画屋さんには銀座路地裏ロケの定番のようだ。おすすめは山形名物〈玉こんにゃく〉と冬だけの〈ひげ鱈ちり〉。イメージする銀座の横丁酒場はまさにここ。

●荒木町　車力門通り

横丁・小路では神楽坂よりも迷路度の高い四谷荒木町は、江戸時代の松平摂津守上屋敷の領内。並行する「車力門通り」「杉大門通り」はそういう名の門があったのだろう。どちらも昭和の雰囲気を濃厚に残し、街灯のないせまい通りに居酒屋やバーの看板がぎっしり続く夜景は、酒好きの郷愁をくすぐる。ゆるい下り坂の車力門通りは小さな稲荷神社で鉤の手に折れ（武家領内のゆえか？）、その先の外苑東通りに出る手前が、今や荒木町の古株になった居酒屋「ととや」だ。以前は古い鰻屋と並んで通りの中ほどにあった。

福島から上京した店主トミさんが、この通りに居酒屋を持ったのは昭和四七年。数年前こちらに移ったが、破れ赤提灯と正直な人柄は何も変わらずファンが通う。名物は炭火の焼魚と味噌おじや、店に流れる戦後歌謡曲だ。横丁には炭火の煙と懐メロがよく似合う。

●恵比寿　おかえり横丁

古い風情の小酒場は東京からどんどん消えてゆき、昭和二三年開店から変わらない恵比寿「さいき」は今や貴重だ。古風な舟天井、すすけた壁、小さなカウンターは古いだけでなく、戦後文学の旗手たる面々が連夜通い詰めた文学史の舞台である。今も演劇好きの店主クニさんを相手に、演劇論や映画談義に熱が入る酒場の良き気風を残しているのが好ましく、入ると「おかえりなさい」、出るときは「いってらっしゃい」が決まりの挨拶だ。

この市井の小酒場に就任間もない鳩山由紀夫総理が、国連での外交デビューを終えた骨休めに飲みに来たというニュースを聞き、この店を選んだ人のセンスに感心した。もし（もし、ね）おいらが相談されたならやはりここを薦めただろう。総理は〈カニクリームコロッケ〉を注文し、二階の座敷で焼酎お湯割り相手に二時間もくつろいだとクニさんに聞いた。

店前の通りはネオン輝く今どき珍しい活気ある飲み屋横丁で、駅をおりてここへ曲がると胸がときめく。総理もお疲れでしょう、こんど飲むときはおいらを誘ってください、名物〈海老しんじょう〉をご馳走いたします。ネーミングはずばり「おかえり横丁」でキマリだな。

＊銀座「樽平」は閉店。「さいき」のクニさんは亡くなられたが店は健在。

（『東京人』二〇一〇年）

銀座から橋めぐり

近代洋風建築を見る趣味が、しだいに橋に注目するようになった。古いビルは、まだ使えても建築的に名作でも、経済効率からどんどん壊されてまことに嘆かわしいが、公共物の橋はよく残り、瞬時も休む事なく文字通り足元を支えている。

注目の第一は建造物としての美しさだ。ビルとちがい構造のよく見えるところが面白く、でありながら機能を超えた装飾美学の情熱に溢れる。設計者は社会に、万人に必要とされるものをまかされた誇りと、その場所にながく残るシンボル性を意識したに違いない。橋の美しさは川面から見て必ず左右対称を成す均整美と、宙に浮く軽快感にある。しかも下は川、上は空と背景が抜けるため形が明瞭に見える。橋好きの私は橋だけを見に橋の都・大阪を何度か訪ねたほどだ。

橋研究の第一人者・伊東孝氏は「東京の中心に位置し、近代、多くの著名な橋が架けられた中央区は、近代橋梁の宝庫」と書いている。今日は銀座を起点に中央区の橋を歩いてみよう。

●旧築地川

橋をたどるには川に沿うのがいい。銀座はかつて東西南北を、三十間堀川、外堀、汐留川、京橋川に囲まれた、橋を渡って入る町だったが、三十間堀川を戦災の瓦礫を捨てる場所として埋め立てるなど川はなくなってゆき、数寄屋橋や三原橋、土橋などは名前のみになった。〝女風呂を空にさせた〟ラジオドラマ『君の名は』の名橋も〈数寄屋橋此処にありき〉の碑だけとなったのが哀しい。

銀座を南北に流れていた築地川は東京オリンピックのときに水を抜かれ、道路に変わった。江戸時代の物流は水運が中心で川や運河の整備が都市の基本となったが、その川に今は水ではなく自動車を流すのもむべなるかな。しかし騒音、排ガスは情緒のかけらもない。

築地川は浜離宮の「大手門橋《おおてもんばし》」（以前は南門橋と呼称）で曲がり東京湾に注いだ。住所は銀座八丁目。現在銀座唯一の水上橋だ。架橋大正一五年。白い花崗岩の緩やかな二連アーチの側壁はそのまま立ち上がって高欄になり、手摺りは王冠のような連続装飾が施される。橋中央外に丸く張り出したバルコニーは優雅な印象を強調し、ここに衛兵を立て、芳紀うるわしい姫が馬車で離宮入りしたらまことに絵になるだろう。

橋下から河口に向けてヨット、ランチ、クルーザーがいくつか停泊し、「ツキジボートクラブ」の簡単な札から延びた桟橋の先はもう海だ。〽銀座九丁目は水の上～神戸一郎の名曲は本当だった。私の採点（星五つが最上）大手門橋＝★★★

川上へたどった白い石橋「千代橋《せんだいばし》」は大正一五年の架橋で、名は橋西詰にあった仙台藩上屋敷に由来する。四角に半球をかぶせた親柱・袖柱をつなぐ高欄は連続するアーチ窓に嵌めた鉄装飾も嫌みなく、古典と近代がほどよいバランスの品のよい橋だ。脇の小公園に後の架設らしい歩道ガードレールも橋に合わせてデザインされている。千代橋＝★★★初夏の陽光を浴びた枇杷の黄色の実と緑葉がきれいだった。

高速に沿って歩き、新橋演舞場を過ぎると「采女橋《うねめばし》」だ。架橋昭和五年。S字にカーブする川に斜めに渡した二連アーチ橋の設計は難しかっただろう。高速道路化以降の設置と思われる高欄の鋳鉄透かしフェンス、下半分のナマコ壁のような浮き出しはいただけない。采女橋＝★

昭和四年架橋の「三吉橋《みよしばし》」は三島由紀夫の小説『橋づくし』に登場する。陰暦八月一五日の夜、芸者二人、料亭の娘と女中の四人が築地川の七つの橋を「同じ道を二度通ってはいけない」「七つを渡り終えるまで口をきいてはいけない」の約束ごとで願掛けに出る。

〈程なく四人の渡るべき最初の橋、三吉橋がゆくてに高まって見えた。それは三叉の川筋に架せられた珍らしい三叉の橋で、向う岸の角には中央区役所の陰気なビルがうずくまり、時計台の時計の文字板がしらじらと冴えて、とんちんかんな時刻をさし示している〉

今は下の道路との連結で複雑になり風情はあまりないが、「陰気な」中央区役所はそのままに、文中の時計台、鈴蘭灯は復元された。西橋詰めに碑文と形よい柳が立つ。

三吉橋＝★

●外堀・日本橋川・神田川・亀島川

日本橋は膝元に東京駅、先は皇居という東京の中心だ。日本銀行本店前の皇居外堀には「常磐橋《ときわばし》」「常盤橋《ときわばし》」の二つがやや離れて架かる。その先に新常磐橋もあったが東北新幹線の延伸で撤去された。

御代が明治に入り、政府は文明開化事業の一つにそれまでの木橋から永久的石橋への転換をはかった。木橋は反り橋で下の船運を助けたが、石橋は平坦化され〈水運から陸運への転換〉が目に見える形となった。江戸城枡形御門石垣を取り壊した石材を使って、万世橋《まんせいばし》（明治六年）を筆頭に一〇の石橋を架け、常磐橋（明治一〇年）はその一つ。都内に現存する最古の石造アーチ橋だ。

ときどきタクシーの窓からちらりと見ていたこの橋に初めて立った。黒々とした二連アーチ橋は九州に多い石橋を想起させる。実際、施工に肥後から石工を呼んだ。六角灯籠のような親柱は、ひだひだの台座のまま西洋風にカーブして袖柱につながり、高欄鉄柵も洋風。下部アーチ中央水切り石の中国風造形は面白く、橋面石畳の左右歩道は平行敷き、縁石に挟まれた中央は斜行敷きと表情を変え、新しい時代の永久橋への意欲をひしひしと感じる。関東大震災後の帝都復興事業にあたりこの橋は掛け替えも検討されたが、保存すべき遺産として残された。その先見の明。

橋の真正面は、国家威信の顔として辰野金吾が精魂を傾けて設計した日本銀行（築明治二九年）だ。旧常盤橋は今は歩行専用で抜け道にもならず放置され、繁る夏草に埋もれた寂寥たる風情は、明治国家草創期の息吹が残る廃墟美のごとく心うたれた。

旧常磐橋＝★★★★

橋先の皇居側は常盤橋門史跡の小公園だ。枡形を築く高い石塁の地面は土で、天高く若葉を繁らせる銀杏の巨木がいい。銀杏は東京都の木だ。高い樹々を背にここを保存した渋沢栄一の銅像が建つ。外回りの会社員らしきがベンチで一服。上着を脱ぎ屈伸に余念ない人もいる。

回り込んだ「常盤橋」は大正一五年架橋。同じ「ときわばし」でも旧常磐橋が「磐」なのは「盤」の「皿」は割れると嫌ったという。こちら常盤橋は石橋に手慣れが感じられ、親柱が大きくなり橋灯が入る。このあたりは水と緑の豊かな景観なのに橋は汚れがひどく、橋詰がゴミ置場とは情けない。ぜひ掃除してもらいたい。常盤橋＝★★★

外堀が日本橋川に合流した先にはご存じ「日本橋《にほんばし》」だ。架橋明治四四年。名に「日本」を冠し、帝都の中心地・全国里程標原点として、ルネッサンス様式により慎重入念にデザインされた。構造設計は当時の橋の設計第一人者・樺島正義に米元晋一が加わり、装飾設計は妻木頼黄。妻木は辰野金吾（東京駅）、片山東熊（赤坂離宮）と並ぶ明治建築界の大御所でドイツ式荘重堅固な様式（旧横浜正金銀行本店／現神奈川県立歴史博物館）を得意とする。日本最初の総御影石橋体、高々と伸びる親柱や電飾燈は総ブロンズ。石と金属、白と青銅色の対比だ。四隅の銘「日本橋」「にほんはし」

は最後の将軍・徳川慶喜が揮毫した。

橋を見に来たのだとじっくり観察する。石積みの鋭角精緻、丸みの量感、東京市標を楯にする獅子、羽根のようなヒレのついた麒麟、洋式ランプの橋灯は彫刻作品と言え、全体の印象は「荘重典雅」。橋詰は踊り場つき階段で川面に到り、橋美の極致はさすがだ。

そのすべてをぶちこわしているのが川面にずかずかと杭を建て、全体を覆いつくす高速道路だ。まさに暴挙、国の重要文化財にこんなことをしてよいのだろうか。日本橋は来年、架橋百周年。これを機に高速道の撤去を始めてもらいたい。日本橋＝★★★★★

奥多摩に発した神田川は中央区と台東区の区境を流れ、隅田川に注ぐ最後の橋が「柳橋《やなぎばし》」だ。河川の最下流（河口部）にかかる橋を第一橋梁と言い、その川の表玄関になる。隅田川にはいくつもの川が流れ込むが、上り下りする船の遠目に識別しやすいように第一橋梁の側面景観はデザインを一つ一つ変えた。昭和四年架橋の柳橋は永代橋を小型にしたようなタイドアーチ鉄橋で、たもとに柳が植わり、料亭「亀清楼」、橋脇の川面には船宿「小松屋」がある。片側歩道のきれいな石畳に立つと隅田川の両国橋を遠望し、橋下にたぷたぷと寄せる水音がいい。橋はやはり水の上にあればこそ。柳緑色の鉄橋を白日傘で渡ってくる婦人が絵になった。柳橋＝★★★

日本橋川が隅田川に注ぐ河口は江戸期に新堀河岸と呼ばれ、廻船で運ばれた酒を陸揚げする白壁酒蔵が並んでいた。その第一橋梁は昭和二年架橋の「豊海橋《とよみばし》」。日本では珍しい梯子を横にしたようなフィーレンデール橋という構造で、コバルトブルー色高欄の桁橋をアイボリー色の骨組みががっちりと抱いた構造はわかり易い。水辺の風景を好んだ永井荷風は『断腸亭日乗』にこう書いている。

〈豊海橋鉄骨の間より斜に永代橋と佐賀町辺の燈火を見渡す景色、今宵は明月の光を得て白昼に見るよりも稍画趣あり。満々たる暮潮は月光をあびてきら／＼と輝き、橋下の石垣または繫がれたる運送船の舷を打つ水の音亦趣あり〉

この風景は今も変わらず、月夜に訪ねてみたい。豊海橋＝★★★★

日本橋川の支流・亀島川の第一橋梁は「南高橋《みなみたかばし》」だが、昭和七年の架橋後に作られた亀島川水門のため、今は隅田川からは視認できないのが残念だ。細身の鉄材を、アイバーという両端に穴の開いた鉄部材をピン結合して組立てた橋梁は、旧両国橋を掛け替えたときの三連トラス中央部の転用だそうで、なんとなく統一性が悪い寄せ集め感をおぼえたのはそのためかもしれない。しかしそれを補うように聖堂のような精密

装飾を親柱の頂上に置いて風格を与えている。南高橋＝★★★

昼どきをとうに過ぎ、日本橋の老舗鰻屋に入った。冷たいビールがうまい。中央区教育委員会作成の地図「中央区文化財めぐり」を広げ、たどった橋に丸をつける。改めて見ると中央区は隅田川右岸（川は下流に向いて右が右岸）にしっかり寄り添っているとわかる。江戸開府にあたり、この川をいかに経済交通の動脈とするかは最大の課題であっただろう。大川・隅田川には東下りの大きな廻船が、右岸左岸に張り巡らされた運河網には小舟が往来する。川につきものは橋だ。川と橋のつくる水辺の光景は昭和三〇年ごろまで続いたという。

●隅田川

東京を代表するスケール大きな橋景観は何といっても隅田川だ。大正一二年関東大震災後の帝都復興事業として相生《あいおい》、永代《えいたい》、清洲《きよす》、両国《りょうごく》、蔵前《くらまえ》、厩《うまや》、駒形《こまがた》、吾妻《あづま》、言問《こととい》の九橋が架けられ、新大橋《しんおおはし》、白髭《しらひげ》、千住大橋《せんじゅおおはし》、そして昭和一五年の勝鬨橋《かちどきばし》をもって隅田一三橋が完成した。これらの橋は「強くて美しい」をモットーにそれぞれ異なるデザインを採用しながら他の橋との調和を考えた「隅田川橋梁群一体」として川の景観を作ったところがすばらしい。平成一九年に清洲、永代、勝鬨の三橋は国の重要文化財に指定された。

「清洲橋」は当時世界一美しい橋とされた、ドイツのケルンにあるライン川の吊橋を参考に丸三年の歳月をかけて完成した全長一八六・七メートル、幅二五・九メートルの長橋。二本の主塔を軸に三連に湾曲して続くケーブルは女性のスカートラインのごとく優美だ。ケルンの吊橋は第二次大戦で壊され、その後普通の桁橋になり、昔の美しい橋を懐かしむ人が清洲橋を訪ねて来たという。今日は間近にじっくりディティールを見よう。

清洲橋通りから隅田川に向かいややカーブした道の先に、次第に橋の主塔が見え始めると期待が高まり、やがて正面に全貌が現出すると圧倒される。手前から空中に向けてダイナミックにせり上がる吊りケーブルは、ファンファーレとともに壮大な交響曲が始まるようだ。シックなフレンチブルー塗装も貴婦人の瀟洒だが、近くに寄ると巨大な鉄部材の組立だ。ケーブルから橋を吊るのはアイバーチェーンと呼ばれる穴開き板を両端にした垂直の細軸棒で、穴は巨大な受け板にボルト固定。軸棒は真ん中でネジ溝を切り、結ぶ長ネジで上下を引っ張って緊結する。長ネジには回転させる把手棒を入れる横穴が残る。そういう「見える」組立構造が、正確な鋲打ちリベットの羅列とともに日常のスケールを超えて高々と続き、巨人国の小人になったような気持ちだ。この鉄骨組立構造美を隅々まで観察できるのが清洲橋の面白さだ。清洲橋＝★★★★★

　隅田川大橋をはさんでひとつ下流の「永代橋」は大正一五年の架橋。男性的に隆起した山型のタイドアーチ鉄橋で、その後の昭和三年架橋の清洲橋は船上からの景観変化を意図して女性的な吊橋にしたのだった。完成したばかりの永代橋を北原白秋は『大川風景』にこう書いている。

〈兜形の大きな弧線、堂々たるその雄姿、新装の永代橋が眼前に展ける。その重圧と均斉と、放射線と、緩い両裾の美しい線と線と、まさしく墨水第一の鋼鉄橋である〉

見どころのもうひとつは橋下だ。以前、隅田川の橋を川面から見ようと水上バスで遡上したとき、川中から立ち上がる石造り橋台と架かる鉄橋の接点に注目した。その専門用語で言う「ヒンジ支承」はわずかひとかかえ程の小ささで、全長一八五・二メートルの巨大鉄橋の全ての重力がこのアーチ四隅の小さな接点に集中する、まさに要だ。整備された隅田川テラスに下りるとじっくり観察できる。遊歩道から引いて見る

永代橋越しに背を高くしてきたスカイツリーは絶景だ。永代橋＝★★★★★

隅田川が東京湾に注ぐ河口に架かるのが「勝鬨橋」。海から見る東京の第一橋梁だ。勝鬨橋は昭和一五年に予定され幻に終わった東京オリンピックと万博の表玄関として昭和八年に着工し一五年に完成した。全長二四六メートル。左右はタイドアーチ鉄橋、中央部四五・六メートルは七〇度までハの字に開く可動橋だ。戦前最後の本格橋梁として、可動橋の多いアメリカからの協力も断りすべて日本人の手で設計施工。震災復興の総決算として完成した。戦後のアメリカ進駐軍はこれが日本人だけの手で作られたことを信じなかったという。

整備された河畔公園に腰をおろしてしばし鑑賞した。左右の鉄アーチ末端は高さおよそ四メートル。離れて見ると歩く人がとても小さく巨大感が際立つ。橋脚から直線で立ち上がる石造り運転室を囲んでカーブする張り出しバルコニーの対比。その下の安定感ある水切り石。全長を帯のように延々とつなぐ石の高欄。装飾も洗練され、帝都復興橋梁事業のやはり集大成だ。橋の持つメカニカルな美のすべてがこの橋にあり、今も帝都の門の名に恥じない。清洲橋をクイーン、永代橋をジャック、勝鬨橋をキングと言おう。

月島側から渡り始め、中央の運転室を過ぎると橋の揺れを感じる。そのはずで、ここは開閉するのだから真ん中は繋がっておらず、そのわずかな隙間から下の川が見える。見えるとなお揺れを感じるようで面白い。かつて一日五回二〇分ずつ跳ね上がった橋も、昭和四五年以来閉じたままだ。しかし伊東孝氏の声かけにより再び開橋させる機運があるそうで、私も大賛成だ。勝鬨橋＝★★★★★

橋を渡り終え築地を越すと、出発地の銀座が見えてきた。歩き続けた心地よい疲労感がある。さあビアホールが待っている。橋めぐりの魅力は外を歩く開放感と、爽やかな川風にあることを知った。

（『銀座百点』二〇一〇年）

三章　あの丘越えて

盛岡の居酒屋の豆腐

一番好きなものは豆腐。家の近所にうまい豆腐屋のあるのは人生の幸せのひとつ。冷奴か湯豆腐。余計な手をかけないシンプルが一番。

というエッセイを幾度も読んだ気がする。実際私もこのとおりで妻に楽をさせている。テーブルガス台の鍋に昆布をはり、豆腐をいれ、醤油を置いておけばとりあえずご機嫌よろしい。

これが居酒屋や料理屋で湯豆腐を頼むとこうはいかない。白菜、春菊、椎茸、えのき茸、人参を紅葉の形に切ったもの、鞠麩という色鮮やかなかわいらしいもの、などが山のようについてくる。これがいらない。店としては豆腐だけでは愛想がないと考えたのだろうが、豆腐好きは豆腐だけをしみじみ味わいたいのだ。結局野菜などがたっぷり残ってしまいもったいないので、豆腐好きなのに外で湯豆腐を注文できなくなってしまった。

旅先の盛岡で五〇年続くという古い居酒屋「とらや」に入った。開店五時には地元の常連らしき親父でいっぱいだ。ほとんどの客が座るなり「豆腐」と注文している。壁の品書も「豆腐　二百円」とあるばかりだ。わからないまま頼み届いた品は、豆腐丸ごと一丁を花かつおがおおい尽くし、さらに山盛りの刻み葱がのる。豆腐は熱く、花かつおはわらわらと身もだえしている。ようし、とばかり醬油をかけまわし大きめにひとくち口に入れた。豆腐はよくきいた昆布出汁で温められ、かくし味に一味唐辛子の粉がかけられていた。

そのうまさよ。豆腐はこれでいい。おおいに納得の一品。さらに妻を楽にさせよう。

＊「とらや」は閉店（『ザ・カード』二〇〇〇年）

信州の納豆で育った

「なっと、なっと、なっと、いーと引きなっとー」

冬の朝、糸を引くように「いーと」を長くのばした、自転車の納豆売りの声が聞こえると、母が「カズヒコ、納豆買っといで」と声をかけ、「うん」とおいらが元気よく走り出す。背中に「辛子、青海苔、たくさんね」と声が追いかける。

「納豆ひとつ。辛子、青海苔、たくさん」

おいらの注文におじさんはようしと、三角経木を開け、引き出しに並ぶ容器からぺたっと辛子を塗りつけ、青海苔を一匙、二匙ふりかけてまた閉じる。一五円渡して家に駆け戻り、丼に開けてもうれつにかき回すのもおいらの仕事だ。「納豆はよく混ぜると量が増えるんだよ」と母は言っていた。

混ぜ終えてちゃぶ台にどんと丼を置くと、父は出勤前、おいらたちは通学前の朝ご飯の始まりだ。納豆の丼は父、兄、私の順で回ってきた。妹も入れて一家五人に納豆一個は足りなく、自分だけ多く取るのは気が引けた。「納豆は畑の牛肉といって栄養があるんだよ」とも母は言った。「行ってきまーす」茶碗を置くと、元気よく学校に飛び出していった。

――以来、納豆ひとすじ。上京した大学生活の下宿自炊は、ご飯、くずハム入りもやし炒め、豆腐の味噌汁、そして納豆が不動のメニューで一食予算九五円。今度は納豆一人一個。存分に食べ、おかげで以来病気ひとつせず……。

いつまでもこんなことを書いていても仕方がない。ともかくおいらの人生で最も大量に食べているものは、ご飯の次に豆腐と納豆であることは間違いない。

酒飲み居酒屋派の私としては納豆は酒の肴にもなる。このときは醬油でなく塩だ。居酒屋の納豆料理は油揚げに入れて焼いたりして、これはこれでうまいがシンプルに納豆だけも食べたい。しかしそれを出す店は少なく、意外にも神戸の名居酒屋「八島東店」でシンプル納豆に出会った。品書には「東京納豆」と書かれ、注文すると「東京一丁!」と厨房に声が飛ぶ(ちなみにカキフライは「広島一丁!」)。おそらく料理人用の金箸で盛大にかき回されたねぎ入り納豆は大変おいしく、立派な一品料理になっていた。

では私はさぞかし豆腐や納豆にうるさいかというとそんなことはない。豆腐、納豆は町場の豆腐屋で買うもので、デパートにいやに高い豆腐があるが疑わしいと思っている。しかしうまい豆腐、納豆は確かにあり、あんまり高級になってはいかんぞと釘を刺したいのだ（誰に？）。

そんなおり、納豆製造を見学しませんかとお誘いがかかり、行く行くと出かけた。二つ返事で引き受けたものの納豆づくりの朝は早く、冬の早朝五時半、東京・深沢の「日の出納豆」にお邪魔した。まだ外は真っ暗だ。圧力釜や作業台の並ぶ仕事場を電灯が照らし出し、頭に白タオル、足までの青いビニール前掛けをつけた主人が一人黙々と働いている。

今やっているのは昨日、室《むろ》（発酵室）に入れた納豆を冷蔵庫に移し、発酵を止める作業だ。出来上がったひとつを開き、毎日のデータシートの時間、温度、糸、色、香の欄に印をつけてゆく。今日のは「糸立ち」が良いそうで二重丸だ。この上に中黒二重丸のランクがあるという。

「毎日、出来具合が違いますか？」

「ええ、相手は生き物ですからね」

納豆は微生物がつくるのだ。

やがて、空になった室を殺菌し、一晩浸水した豆を圧力釜に移して蒸し、〝盛り込み〟の準備と一瞬も立ち止まることなく、〝豆々しく〟動き回る。

六時半、外が白々と明け、八時半、お子さんが「行ってきまーす」と学校に出かけたころ、お手伝いの人が続々と出勤、そのうち朝の家事を終えた奥様も加わり、仕事場は活気が出てきた。

皆が持ち場につくと、主人は全体を見てゆく役だ。つまんでみませんかと差し出された蒸し豆はとても柔らかく、甘味と豆の香りが豊かで、醬油をちょいと落とすと夜の酒の肴によさそうだ。

経木納豆は、納豆菌をかけた蒸し豆を、一折ずつ木杓子で盛り込み、この後すぐ室に入れ発酵させる。経木は松で、松のヤニには殺菌作用があり昔から食物を包むのに使うのだそうだ。納豆には発酵時の吸湿と通気に適し、やはり納豆は昔の経木がいいのだ。

見学して感心したのはボイラー室から大寸胴鍋に常に湯が供給され、手も道具も台車も机も器械も、絶えず拭かれ、熱湯で洗われていることだ。一仕事終えるたびに床も洗い、手が何かに触れるとそこもそのたびに洗う。無菌であることが大切で病院手術室もかくやだが、アルコールなどの化学殺菌ではなく、すべてが素朴な熱湯消毒であるところが食べ物だけにうれしい。人の世の雑菌だらけ（？）の私は遠慮し隅に小さくなっていた。

世田谷の「日の出納豆」は戦後に仙台から堀江亀八郎さんが出てきて始め、今は息子さんの信一さんが先頭に立っている。実家の「仙台　日の出納豆」は江戸時代からの老舗で、今は主人の従兄弟がやっているそうだ。父から引き継ぎ、最近ようやく自分の思う通りの納豆がつくれるようになったという信一さんの、仕事場を見る後ろ姿に静かな自信を感じた。

お土産にいただいた日の出納豆の経木入りを家で開けた。

大井で辛子とともにかき回し、醬油を差してさらに混ぜる。途中でねぎを入れ、ねばで豆が見えなくなるくらい混ぜて混ぜて、あーくたびれたとなって一休みさせてから、大根おろしをたくさん入れ、もう一度軽くかき回して食べるのが子供の時分からのわが家の流儀だ。ねばねばが消えないかと思うかもしれないが、その前に盛大にかき回しておくのが大切だ。ここに青海苔があればさらによし。

粒が小さめの納豆はほっこりしてとてもおいしい。白いご飯に納豆は不滅の組み合わせだ。栄養もあるのは子供のときから刷り込まれている。貧乏なわが家は納豆がご馳走だったが、それは一生食べ飽きないものだったのだ。

（『dancyu』二〇〇三年）

母の水餃子と朝鮮漬

私の両親は戦前外地で結婚し、終戦後日本に引揚げてきた。兄は中国・済南の病院で、私は敗戦後の北京の日本人収容所で、妹は帰国後に父の故郷信州で生まれた。母が朝鮮で憶えた水餃子と朝鮮漬はわが家のメイン料理だった。どちらもニンニクを使い、戦後間もない信州の田舎では珍しがられ、学校教師をしていた父は、よく若い先生を家に招き母のつくる水餃子をふるまった。

当時既製品の餃子の皮はなく、まず皮を打つところから支度が始まる。子供の遊びもなかった頃、私は母の手伝いをするのが好きで、小さな麺棒を転がして皮を伸ばした。その前の買物では、母から「ひき肉、合い挽きよ」と言われ「うん！」と喜んで店に走った。肉を食べられるのは興奮すべき一大事だった。ひき肉、白菜、葱、ニラ、ニンニク、だったかを、今度は皮に包み、並べ終えるといよいよ茹でに入り、子供たちはいつになく行儀よく早々と食卓に座り、箸を持ち、いまかいまかと台所を注視した。

母が誇らしげに運んできた、湯気を上げるうっすら具の透けて見える餃子を、酢醤油で食べるおいしさ！　たまのご馳走を子供に出せる喜びが母にはあっただろう。大学に入り東京に出て、東京では餃子を焼いて食べると知り驚いた。渋谷の「珉珉」という店だったたか。


朝鮮漬は韓国キムチだが、母は日本流にアレンジし、色も白い。冬に入った一月下旬頃、まず白菜を二ツ割りして数日浅漬けしておき、準備しておいた手製イカ塩辛、大根、人参、リンゴ、ニンニク、生姜、胡麻、鰹節、昆布、干しエビなどを、漬かった白菜の葉の間に丹念にはさんでゆく。大樽にいくつも重ねて漬け込み、重しをしてビニールをかけるのは重労働だ。それを日のあたらない北向きの、家で一番寒い所に置いておく。信州の冬は寒く、上がった水は夜にもちろん凍る。

二週間もすると白菜が少し黄色みをおび、味がしみわたりおいしさが出てくる。同じように作っても毎年味が違う。取り出し、〝風に当てる〟と味が変わるので、毎朝表面の氷を割って漬け汁からすくい出す。このときは手が凍る。

白いご飯にこれさえあれば、本当に何もいらない。東京の大学に入り、暮に帰省すると、すぐに出させてばりばり食べ、帰る時はビニール袋に小分けして山のように持ち帰ったが、東京の暖気ですぐに味が変わった。これは寒いところの漬物だ。あるとき母に、どう作るとうまくなるのかと尋ねた。母は、曇って北風の吹く、今日一日は何もしたくないというような日に、家の外の北側の一番風の通る寒い所で、冷たい水仕事に手を真っ赤にさせて漬けると味が良くなると答え、一度も手伝ったことのない私は返事ができなかった。

結婚し、東京生まれの妻に水餃子を注文すると作り、「水餃子もおいしいわね」と言い、以来わが家の餃子はこれになった。信州の実家で初めて口にした朝鮮漬は、おそるおそるのようだったが、やがて熱狂的なファンになり、正月は山のように持ち帰り、酸味が増しつつも二月末まで惜しみ惜しみ食べ、「これで最後よ」が毎年決まりの台詞になった。

朝鮮漬は、信州にいる妹が結婚後、自分も食べたいと漬け始め、しだいに腕を上げ、母のものと競い合うようになった。父が「母さんが死んでもこの味は残るな」と言っていたが、その時も来た。今は正月、妹の家にもらいに行く。寒い日の重労働を知っているので毎年一〇月ごろになると、それとなく妹の機嫌をとっておく。妻は味を良くする「アミ（小エビ）の塩辛」を妹に送ってくれているようだ。ふだん何もしない私も「寒くなったね」などと電話し、「わかったわよ」と苦笑いされている。電話だけではだめだ、何かしよう。

（『ほんとうの時代』二〇〇八年）

ニシン

ニシンが好きだ。昔はよく捕れ、北海道にはニシン御殿が建ったと聞く。昭和二一年、私の育った山国信州にもニシンは安く届き、母はよく焼魚にした。戦後の食糧難にニシンの焼魚は栄養のある豪華な夕食で母も満足だったろう。小骨が多いけれど柔らかく、たまに腹に数の子があると歓声があがった。何度も食べさせられたものが結局は好物になるという。ニシンは即効で元気がつく、力の出ないときはニシンを食べなさいと言われ、上京して定食屋にあるとここぞと注文した。

日本の居酒屋巡りを始めてからも、ニシンがあると気になった。青森県弘前の、元気なおばさん三人でやっている居酒屋「しまや」は、本物の郷土家庭料理を出す。ここでは指を脂だらけにして、身欠きニシンを生味噌で食べることをせずにはいられない。太宰治が好んだこの食べ方を三島由紀夫は軽蔑したそうだが、私は好きだ。

福島県会津若松の居酒屋「麦とろ」の主人は春が来ると山に入り、山椒の若葉を山のように採ってきて「ニシン山椒漬」を作る。最上の身欠きニシンを、最上の酢に一晩漬け、その酢はすべて捨て、新たな酢で一週間。しなやかによみがえったニシンと、ふんだんに使った山椒若葉の鮮烈な香りのハーモニーはすばらしい。私は丼一杯をさらにお代わりして笑われた。ニシン山椒漬は東京の居酒屋でも見るけれど全く別ものだ。生魚のない山国の乾物料理はじつに奥が深い。

北海道旭川、創業昭和二一年の古い居酒屋「独酌三四郎」の冬の楽しみは、美人おかみ手漬けの「ニシン漬」だ。ナタ切り大根と身欠きニシンを麹で漬けたニシン漬は、北海道の大切な越冬食で各家庭で作る。店では一一月から二月まで出し、漬かり具合で味が変わってゆく。ニシンのコクのある生臭みが麹で発酵し、いくら食べても飽きず、大根の大ぶりをばりばりやりながら、熱燗茶碗酒をぐいっと飲むのは、いかにも冬の北海道だ。品書には大盛・中盛・小盛があり人気のほどがわかる。北海道の人はニシンに特別な想いがあるようだ。

この冬、秋田県能代の古い居酒屋「千両」の品書に「身欠きニシン鍋」をみつけた。二〇年前ここに入ったのは夏で、そのときはなかった。身欠きニシン、葱、豆腐を薄い味噌で煮た単純な鍋は、およそ飾り気ないが体はほこほこ温まり、しみじみとおいしく、冬の東北の大切な栄養食なのだろうと思った。

（『野性時代』二〇〇七年）

缶詰

子供の頃のキャンプには缶詰を持っていった。キコキコと蓋を切り開け、箸を突っ込んで食べる。家で缶詰を開けると非常食を食べているようで味気ないが、たき火の飯盒で炊いたご飯と缶詰はよく合い、皿などにとらず缶のまま草の上に並べて野趣があった。鯖水煮は醬油をかけるとおいしく、料理をした気分が出た。私の好きなのは鰹をほぐして味付けした鰹フレーク。味付けイカ煮もおいしく、ぶつ切りのイカは墨の味がした。平たい缶のさんま蒲焼あたりは料理されたご馳走の感じだった。赤貝の缶詰も懐かしい。

昭和三五年の岡本喜八の映画『大学の山賊たち』は、大学山岳部（山賊グループ）と〃一年分の生理休暇を前借りして〃山に来たデパートガール五人（処女雪グループ）が冬山に閉じこめられ、食料が問題となったとき、佐藤允（仇名・胃袋）がリュックからコンビーフや牛肉大和煮缶、鮭缶、ハムなどをドサーと空け「わあー」と歓声があがる場面があった。魚肉ソーセージと缶詰はキャンプの定番だったが、今は山に缶詰など持って行かない。山に到着し「あ、缶切り忘れた」というギャグも昔のことになった。

缶切りの最も初期は槍状の先端を缶の中央に差し、刃を半径に定めて切り回す式。その後、前後させるノック式になり、蝶型の開けやすい形になったが、次第に缶ビールのプルトップのような「パッカン」が増えた。今でも家庭に缶切りを置いているだろうか。ちなみに缶ビールも初期はプルトップではなく缶開けオープナーがつき、注ぎ口と空気穴を前後二か所に開けるのがコツだった。

病気をすると果物の缶詰が見舞いに届いた。缶も大きく、病気の時しか食べられない特別感があった。開けずにとっておいたのが来客に出されてしまうと損をした気がした。みかんや桃缶が多く、シロップに浸るつやつやした白桃は色っぽい魅力がある。ぶどうやりんごの缶詰もあり、缶詰の果物は生の果物よりも、品よく上等とされた。当時の果物缶詰は大きく誇らしげに「全糖」と入り、甘いものが貴重だったことがわかる。人工甘味料のサッカリンではなく本物の砂糖を使っているというアピールだったのだろう。

昭和三九年の鈴木清順監督の映画『肉体の門』（原作・田村泰次郎）は敗戦直後の東京の五人のパンパンと逞しい復員兵（宍戸錠）の物語で、進駐軍から闇市に流れ出たパイナップル缶を「パイ缶だぞぉ！」とむさぼり食う場面があった。戦場でこんなうまいものを食べているアメリカさんに、日本が勝てるわけがないというメッセージがこめられていたようだ。

空き缶は子供のおもちゃになった。缶に穴を空けて藁縄を通し、縄を手に持ち下駄がわりにパッカンパッカンと歩いて遊んだ。浅い小判型の缶は草履に近くなったが、高さが足りずにペコペコした音がもの足りなかった。

缶蹴り遊びは缶が主役だ。広場の真ん中に缶を置き、鬼が目をつぶりいくつか数字を数えている間に、他はいっせいにどこかに隠れる。鬼が誰かを見つければ交替だが、その間に誰かが走り出て缶をカーンと蹴り飛ばせば、鬼は定位置に缶を戻し再開しなければならない。いつまでも鬼ばかり続くと気の弱い子はエーンと泣き出し、遊びは終わりになった。

酒を飲むようになると、缶詰もオイルサーディンやアンチョビなど大人びたものになった。東京の高級スーパーやアメ横には輸入缶詰が並び、あれこれ珍しいのを買い、貧乏大学生の下宿に安ウイスキーと並べてアクセサリーに置き、悦に入った。

銀座のバー「ロックフィッシュ」は肴に多種多様な缶詰をそろえて人気だ。ハイボールと缶詰は合い、缶詰は今や非常保存食から趣味的珍味になった。オイルサーディンはオイルを捨て、醬油を少しおとし、粒山椒をのせて温め、缶のまま出す。それを男はよろこぶが、女性は「お皿に盛ってクレソンでも添えれば立派な一品になるのに（手抜きね）」というような顔をする。缶詰本来の野趣をわかっていない。

ひさしぶりに缶詰を食べてみるかと近所のスーパーに行った。缶詰そのままでは味気ないのでチャーハンにしてみよう。カニ缶（二七〇九円のもある）では当たり前だし、ツナ缶はパスタのソースにいつも使っている。昔の缶詰らしいものはないかとさがし「まぐろフレーク味付」を買った。値段一九一円、内容表示は〈まぐろ味付／まぐろ・醬油・砂糖・まぐろエキス〉だ。

フライパンに油を熱し、玉子を割り、ご飯を炒め、葱とマグロフレークを投入し、塩コショーでできあがった。

味はまあまあだった。昔のキャンプだったら「うめー！」と歓声をあげただろう。

（『遊歩人』二〇〇八年）

アメリカの味をもとめて

一九六二年頃と思うが、入学したばかりの田舎の高校の裏のパン屋で、はじめてコカコーラを飲んだ夏の日を忘れない。ずしりと厚い緑のガラス瓶と真っ黒な飲み物の強烈な対比。独特の刺激とゲップの放出感に、こういうものを大量生産して日常的に飲むアメリカという国を舌で感じた。ヒッチハイクで東京に来て、上野のアメ横に行くとアメリカの缶詰があふれ、アメリカの日常生活を見たような気がした。

東京に出てきて千駄ヶ谷に住むようになった。隣りの原宿の高級アパート・コープオリンピア地下のダイネットオリンピアはアメリカンダイナーの典型で、日曜の朝はそこのカウンターでチリコンカルネやコールスローをオーダーした。コックは紙の帽子をかぶり、コーヒーやソーダのマシーン、ステーキを焼く鉄板はアメリカ映画のようだった。六本木のハンバーガーインや飯倉のニコラスピザハウスも行った。

戦後すぐに生まれた私はアメリカ文化をラジオや映画から知った。五〇年代アメリカのヒット曲や映画に今も強いノスタルジーを持つ。

無邪気な享受から脱してアメリカ文化を総体として意識したのは、六〇年代後半に現われた美術ポップアートからだ。母国アメリカのアイデンティティー表現に挑んだ若い画家たちは、伝統文化を持たない新国家アメリカは、機械文明により大量生産された画一商品こそが自国の文化であるとして、それをモチーフにした。ジャスパー・ジョーンズが星条旗を、リキテンシュタインがアメリカンコミックを、ローゼンクイストがケチャップまみれのスパゲティを、アンディ・ウォーホールがキャンベルスープの缶を描いて芸術としたのは、量産品が美であると措定せざるを得ない自嘲的苦さも含んだアメリカ文化の爆発だった。

そのキャンベルスープこそアメリカの味の典型かもしれない。青山にできたばかりの日本初のスーパーマーケット「ユアーズ」で、アメリカ人のようにカートを押して、リビーのコンビーフやハインツのケチャップ、マックスウェルのインスタントコーヒー、キャンベルのスープ缶などを買った。温めて飲んだキャンベルスープはアメリカの味がした。

それは画一であるからこそ出てくる迫力だ。料理人の技術や個性ではなく、缶詰に閉じこめられた味の、無限に続く世界の宇宙感と言おうか。何かで読んだ世界の軍事携行食を比較した記事によると味はイタリアが一番で、アメリカは一位だが、機能性、スピード性、栄養性は断然トップだったという。これを笑うか、その味を試してみたいと思うか。美食もあればサバイバル食の味もある。モードファッションもあれば軍服の美しさもある。

アメリカ食文化の代表はファストフードのハンバーガーという。今東京で最もアメリカ的なハンバーガーを出すと評判の、三軒茶屋の「ベイカーズ・バウンス」に行ってみた。流線型のキャデラックやシボレー、スイフト・ピーナッツバター、セブンナップなどの五〇年代の広告が額に飾られ、ポップスの流れる店内はアメリカン・グラフィティの世界だ。久々に飲むバドワイザーに「キング・オブ・ビアーズ」とあるのを再認識する。アロハシャツにジーンズ、腰に鎖、バスケットシューズの若い男女は屈託がない。世はスローフードの時代らしいが、五〇年代アメリカ文化の生んだファストフードもまた永遠なのかもしれないと思った。

（『平凡パンチ』）

居酒屋「べからず」集*

椎名誠さんから創刊する雑誌の原稿依頼がきた。タイトルは『居酒屋「べからず」集』、字数制限なし。その通りに書いて送った。その後も「居酒屋評論家の本音」「最後の晩餐の前日のメニュー」と、つねにタイトルは決められていた。さすが「本の雑誌」の創刊編集長、「この人に、このタイトルで書かせれば」の発想はみごと。それに応えるべく懸命に書いた三編。

●居酒屋「べからず」集

居酒屋人生を送っているうちに、一人で行くことが多くなった。そういう店はやはり一人客が多い。今も入ってきて座った。そして用意していたように言った。

「生」

後はずーっと黙っている。店の親父もずーっと黙っている。両者ずーっとずーっと黙っている。客はもの思いに沈んでいるように見えなくもないが、何か考えているようでもない。いや、彼とて考えていることはきっとある。それは「つまみは何にしようかな」だ。やがて絞り出すように声を発した。

「ポテサラ」

ヨカッタ。緊迫の時間が解けてこちらはホッとする。しかしポテサラ頼むのにあれだけ熟考するのだろうか。いや熟考して決断するのは良いことだ。彼は会社でも重要な判断はまかされ信頼されているだろう。

「あ、ここここ」

若めの二人が入ってきた。グルメ本かなんか見てきたらしく、店内をきょろきょろ見回している。

「二人ですけど、ここ座っていいですか」「ビールは生と瓶ですね、お、エビスがある、これ置いてるとこ少ないんだよね」「今日のおすすめは？　あ、ボク青魚も大丈夫です、あと癖のある野菜もわりと」

ウルセイ。どこでも座ってはやく注文シロ。きっと会社では営業のお調子者腰巾着くらいだろう。出世はしないな。

「よろしいですか」

今度はずいぶん腰の低い客だ。年齢四十過ぎらしき脂ののったサラリーマン。カバンを脇に置き、おしぼりを使う手つきに落ち着きがあるが、どことなく油断せず初めての店を観察しているようでもある。

「すみません中生と枝豆、あと酒にしてカツオたたき、最後に焼おにぎりと味噌汁」

計画的な人だ。しかしどこに入ってもこの注文らしい。場を見て適切に現場処理する機敏な判断力はなさそうだ。課長どまりと見た。

「失礼する」

重々しい声の次の客はさっぱりした半袖シャツに黒ズボン。押し出しよく、上着やカバンを持たないのはリタイアされた方のようだ。「失礼」隣りに一声かけて座る様子は、場を経験してきた慣れがある。

「酒と塩辛、結局塩辛がいちばんいいんだ」

注文の理由を自ら述べている。会社の要職にあり、部下に自分の考えを言うのが癖になっているのだろう。ちびちびやっていたが、気がつくと隣りの計画的なサラリーマン氏と話し始めていた。押し出しの差が自然に上下関係をつくり、サラリーマン氏は名刺を渡している。

「や、どうも。ボクは今名刺持ってないんだけど、大日本ポリバケツでいちおう営業専務第三補佐まで行ったんだ。あ、第三はお客様担当、地味だけどいちばん大事な部署《しょ》ね。今思うのはやっぱり組織力の維持と部下とのコミュニケーションだ。例えばボクは月いちの飲み会を大事にして、ときには自分のふところからも無理してね、ハッハッハ……」

こりゃだめだ。頼まれもしないのに自分のことを話したくて仕方のないリタイア親父はいっぱいいる。しかるべき人に会ったのかもしれないと名刺を渡したサラリーマン氏は腰を浮かし始めた。

「あら〜、こういう所もいいじゃない」

女性の甘い声に店の全員が入口を見た。こういう所で悪かったな。長い髪がきれいなアラサー、腰をしぼった赤いワンピースは胸が強調されてセクシーだ。客全員にこの人に席を空けようというムードができる。

「だろう」

すぐ後にしゃれたスーツの男が入ってきた。ちぇ、野郎連れか。ま、仕方ない。客全員は再び前を向いて自分の世界にもどる。

「だからクワタに言ったんだよ、音楽マターとCMは同じベクトルのクリエイティブでつかまえられるって。そうですねとか言ってたけどね。ま、撮影はOKだな、ぐびり」

クワタって有名なあの歌手か。周りに聞こえよがしに有名人を呼び捨てにする自慢話。こいつ広告代理店かなんかだな。音楽股なんてへんな業界語使うな。客全体に反感ムードがおきているのに全然気づかない。お前なんか来るんじゃない。

ほどよく混んできて店は忙しくなった。ポテサラの彼はどうしたろう。お、まだいる。手元の生ビールは二杯目、肴は自家製さつまあげ。案外いいもの注文するじゃないか。携帯メール見てるけど淋しくないのかな。いや彼は彼で自分の時間なのかもしれない。

「ボクの焼魚、まだぁ」

ウルセイ二人組の一人が黄色い声を上げる。居酒屋ででかい声出すな。トイレに立った帰りに小声で言うんだ、ばか。それとあれこれ注文して食べ散らかして残すんじゃない。育ちがわかるな、まったく。

サラリーマン氏は帰り、残った元営業専務補佐は不満げに、誰か自分の話を聞いてくれないかなあと見回す。手元はまだ塩辛だけで、これ一つでねばられたら店の迷惑だ。元専務なら何か注文せい。

「あ、今から二人、そう、そう、いつもの席空けといて」

広告代理店野郎、店から携帯かけるな、ばかめ。ここは時間つぶしに来ただけか。まあしかしさっさと帰ったからいいか。上様宛で領収書もらってったな。アラサーは美人だったけどな。

他人のことはともかく。今年の夏は暑かったが、そろそろまた酒がうまい季節になった。ツイー。こうして一人で一杯やってるのが一番だな。肴は店に来る客だ。世の中にはいろんな人がいるもんだ。まあオレもその一人だけどな。お、また一人来た。

混んでるなという顔は常連らしく、空いたカウンター席に黙って座り「酒」と一言。くたびれた上着に下駄ばき。どこか世をすねたような様子は作家志望の無頼派か。不機嫌そうにため息をつき、耳の後ろを人さし指でポリポリ掻くのが決まってる。あ、オレを見た。同類と思われちゃたまらない、目を合わせるな。

「混んでるわ」「入れるかしら」

玄関に女性が二人。初めて来たようでためらっている。お勤め帰りらしく地味な服装だが落ち着いた品がある。入れてやりたい。店の親父にオレの隣りが二つ空いてるぞと椅子を指さした。

「すみません」

「いえどうぞ」

二人は軽く会釈して座り、しばらくは「何にする」と品書きを見ている。隣りとはいえ、知らぬ顔でいるのが礼儀だ。二人の注文は瓶ビールで、互いに注いでカチンと乾杯。肴は里芋の煮たのでなかなかセンスがいい。

「でもそうなの、仕方ないのかなって」

「うんわかる、けどそこはほどほどでいいんじゃない」

内容はわからないが、お勤めの女性らしい会話だ。

ビールが空き、もう少し飲みたいらしく品書きを手に取った。

「何たのんだらいいのかしら、日本酒ってよく知らないの」

「このごろの日本酒はおいしいらしいわね」

ともらしながら何となくオレの飲むグラスを見た。今だな。

「これは愛媛の石鎚、おいしいですよ」

「へえ……」

「飲んでみます？　ちょっと石鎚もう一杯、それとちびグラス二つ」

すぐ届いて注ぎ分けた。

「すみませんいただきます………お・い・し・い！」

「でしょう、ああよかった、あとどうぞ」

「ほんとにおいしいですね、白ワインみたい」

「里芋どうでした？」

「あら見てた？」

「へへ、すみません、ぼくも頼もうか迷ってたんだ」

「こちらよくいらっしゃるんですか」

「ええたまに、ここの厚揚げが好きでね」

「あ、頼んじゃおうかな」

……てなわけにいかないかのぅ。

「厚揚げひとつ、それと酒もう一杯」

淋しげに追加注文する男が一人、そこにいた。

（『とつげき！　シーナワールド‼』—秋冬号）

●居酒屋評論家の本音（匿名希望）

「居酒屋評論家の本音」ですか？　それ言っちゃお終いだけど仕方がない。

居酒屋で酒飲んで、そのことを書けばいいんだから、趣味と実益にこんないい商売はないですね。領収書をもらっておけば飲み代が出ることもあり、好きな肴注文して、たらふく飲んで、原稿料まで出るとはやめられないですわ。お金もらうために飲んでいると思うと、しっかりやらなきゃという熱心さもわいてがんばってます。うーい。そうでなくたって毎晩居酒屋で、いつもやってることだし。

店選びは「どうぞ、今おすすめの店で書いてください」。しめしめ、一度入ってみたいと思っていたのが他力本願で解決だ。はずれても書きようはある。末尾に「しかし酒も肴も嗜好品、あくまで個人の好み」と書いておけば成立する。「気に入るかどうかはあなた次第」と、まあ無責任ですな。

政治、経済、文学、美術、映画など「評論家」と肩書きされれば「その道の権威」とされる。よって世界の動き、古今の典籍、また名画など、関連書物も含め一般よりもはるかに精通していることが条件だが、なにせ「酒」ですからね。嗜好品ですからね。酒だけは人一倍飲んだ、これは自信がある、よってもって「ヒョーロン家」だから自分でも笑っちゃうが、いつのまにか周囲がそう言うんで、図々しくこれで通してます。

難しいことですか？　ないですね。酔っぱらって忘れちゃったら、もう一回行けばいい。二度飲める。

文体ですか？ 酔った勢いの「ふらふら文体」が面白いとか言われればしめしめ。「酒の失敗談」という定番注文がよくあり「財布を失くした、電車を乗り過ごした」と毎度おなじみの逸話を何回書いたことか。テレビも出演してますが、酔っぱらってお客さんとビールジョッキ、ガチャーンとやってればいいんだから、ホント楽。頭は何にも使わないです。でもそろそろ「酔いどれ小説家」に変身してワンランク上をめざす気持ちです。

＊

「居酒屋評論家の本音」ですか？ それ言っちゃ仕事が来なくなるけど仕方がない。居酒屋で酒飲んで、そのことを書けばいいんだから、趣味と実益にこんないい商売はない、と言われるのがいちばんつらいですね。飲み代も出るんでしょう？ と突っ込まれるのも情けない。

はい、出ることもありますが、必ず「領収書をもらっておいてください、宛先はこれこれ」と言われる。しかし皆が身銭で飲んでいる大衆居酒屋の二三〇〇円の勘定に「領収書お願いします、宛先は本の雑誌社、本はブックの本、社は会社の社、名目は取材費として」と言えますか？ 店の主人の顔には明らかに「こんな小額を会社の経費でおとしているケチな野郎」とある。だから見栄張って、もらわない。すると五〇〇〇円の原稿料は実質二七〇〇〇円になっている。交通費だって八王子から都心だと一〇〇〇円くらいかかる。そうなると実質一七〇〇〇円の収入、こんなの仕事と言えるか。気が大きくなってタクシー使ったら完全に赤字だ。「飲めたからいいではないか」。いや自分の懐で飲むのならこんなところに来ない。

それよりも何よりも、何を注文して何を飲んだかを忘れてしまうことが最大の厳禁。後で店に電話すればいいや、はダメ。忙しい時にそんなことで電話しても応対してくれない。すべて店にいる間に解決しておくことが最重要だ。酒の銘柄はもちろん「大吟醸兵庫産特A山田錦35パーセント精白純米無濾過生酒原酒」も忘れてはならず、「鯵のたたき」も「鯵か、あじ、アジか」の品書き表記を正確にしなければならない。もちろん値段数字は重要で、原稿に「六〇〇円」と書くと、編集者が「税込みですか、税抜きですか」と聞いてくる。

よってその場でのメモが書かせないが、酒飲みながらきょろきょろメモしていると、強面の店主にうさんくさい目で「あんた、税務署?」と嫌みを言われる。いつかそのメモを店に忘れたことに気づき、青い顔で戻ると「これでしょ?」とひらひらされて恥ずかしかった。きっと「味はまあまあ、女将は太め」と書いたのを見られただろう。

そういうデータ的なことはもちろん、「味の感想」をその場で文にしておくことが大切で、後で思いだそうとしても出てこない。「鯵は生臭くなく香り良い甘味があり、添えた刻み大葉がお手柄で生酒に良く合う。量はやや足りないが、かえって大切に味わうから良いか」と記しておく。ところが酔眼で書いているので、後から見るとその文字が解読できないのがつらい。いつか三日もにらんでいて「わりあいうまい」と判読できたことがあった。

写真も撮ったが、これも後で見ると何に注目したがわからず、結局気休めと知り、今はメモ帖にスケッチを描き、例えば「刺身盛り合わせ」なら、傍線を引き、まぐろ、ひらめ、かんぱち、鳥貝、青柳、などと書いておく。それが各何切れかも重要だ。したがってすることは山ほどあり、酒は味はみても酔うのは厳禁。「田植えの終わった青い苗の間を吹きわたる薫風のような爽やかさは若い娘の素足の如し」と味の印象をまとめておく。

最も嫌なのは、最近の編集者は何もしないので「掲載許可をとっておいてください」と言われることだ。飲んでメモとって「○○出版社の雑誌『男と女のどすこいグルメ』○月号特集『二流店の逸品、これ注文すればまちがいない』に紹介してよいですか？　謝礼は出ませんが」と言う恥ずかしさ。「じゃ、その雑誌、見本に送ってよ」と言われると「めんどくせえなあ」だ。店によっては「先に原稿みせて」と言う人もいる。見せれば直すのか。

酒や酒場のエッセイはいつの世も人気だが、それはすでに名のある人が書いてこそ。無名の者がいささか文学して書こうものなら、若い編集者から「ここはすべていらないです。それより品書きを列挙してください」と言われる。

「お金もらう仕事だから当たり前じゃないか」。はいそうです。

しかしここが問題で、原稿料をもらうのが大仕事だ。メールで原稿依頼が来て、その通り締め切り守って入稿しても、原稿料の話は一度も出てなく振込先も聞いてこない。領収書はどうすればいいんだろう。担当者の顔は一度も見たことがなく、一体いくらがいつ振り込まれるかがわからないので不安になってメールしても返事はない。携帯に電話すると「経理に聞いてお知らせします」と言うがその返事が来た試しはなく、むしろ「あなたはそういうことを気にするんですか」という軽蔑の語調だ。ボランティアじゃないんだぞ。世の中に値段を知らせず発注する仕事があるか。

最近は面の皮が厚くなって「承知しました、原稿料はいくらですか？」と尋ねると「あわわ」と狼狽する。メールで「五〇〇〇円、三か月先に振り込み」と返事が来て、さらに「取材経費はどうすればよいですか」と伝える情けなさ。人に仕事を頼むのならきちんと整理してからにシロ。結局どうなったかわからないこともあった。いつか二万円の原稿料を三か月かかって追跡して払わせたが、そいつからは一切仕事が来なくなった。八つ当たりに酒でも飲むか。

ああやだやだ。こんなことを続けていたら人間が卑屈になる。そろそろ「酔いどれ小説家」に変身してワンランク上をめざす気持ちです。

（『椎名式自走マガジン　ずんがずんが』二〇一七年）

●最後の晩餐の前日メニュー

「最後の晩餐の前日メニュー」ですか。

そうだな、朝飯はやっぱりご飯の炊き立て。

こないだの新聞に、江戸研究家の杉浦日向子さんいわく、江戸期、温かいのが「ご飯」、冷たいのが「めし」とあった。なるほどな。母ちゃんが「ごはんよ〜」と叫べばうれしいが、「めしよ〜」では淋しい。もっとも男所帯のキャンプなら温かくても「めしだぞ〜」だけど。倦怠期の夫婦を描いた成瀬巳喜男監督の名作のタイトルは『めし』で、朝飯のちゃぶ台をはさんで座る出勤のネクタイを締めた上原謙に、原節子は面白くなさそうな顔でおひつにしゃもじを入れていたが、あれはご飯じゃなかっこの膨大なメニューを全制覇するのが課題だったが果たせなかった。ま、いっか。昼飯も食った、さてどうしよう。特にやることもないし、ウチ帰って昼寝だな。

＊

ああよく寝た。さあてご出勤、居酒屋だ。

「こんちは」「太田さん、どうも」

名前呼んでくれるなじみの居酒屋はいいな。暖簾を上げた最初の客は、今日も商売になる縁起のよい「口開け」と言って大事にされる。いつものカウンター席に座った第一声は決まっている。

「ビール、生」

これ以上に適切な言葉があろうか。男の注文はきっぱり。「えーとビール、とりあえずビール、ビールは何？　ん、アサヒ、キリン、サッポロ、サッポロの何？　ラガーね、それでいいや。大瓶、小瓶はあるの？　あ、大瓶はないが中瓶ならある、じゃあ小瓶でいいや、グラスはひとつね、お通しはでるの、お、枝豆、いいね、それください」

ながいぞ。

ングングング……プハー

その日最初のビールほどシアワセなものはない。生涯これだけは通してきた。有名旅館で「食前酒に当旅館手製の梅ワインをどうぞ」などと奨められても「いらん」とゼッタイに手は付けなかった。

さてここからが居酒屋の楽しみ、最終ラウンドまで見越した注文の組立だ。枝豆つまみながらビールでゆっくりと。プラケース入りの定番メニューはもう暗記している。見るべきは黒板の本日の品だ。季節は冬。よし、アレとアレ、まだ行けたらアレも。とはいえ、この後は酒にするから最初の品は刺身と決まっている。

「酒、奥能登の白菊、お燗。刺身は鯛の昆布締め、まぐろヅケ、赤貝の盛り合わせ」

「温度は？」

「五〇度」

「へい、太田さん、白菊お燗！」

飛ぶ声の頼もしさ。ややあって盆に徳利と盃登場。

ツイー……うまいのう。

オレはこんなことばかりやってきたが、わが生涯に悔いなしだ。

「へい、三点盛り」

これだこれだ。刺身盛り合わせは、白身・赤身・貝の三点盛りが基本。豪華風な五点盛りや舟盛りは田舎お大尽のすること。「粋」に行かなくちゃ。足りなければ「かわはぎ胆醬油とタイラ貝」と二皿目を注文すればよい。「膳をつくる」と言って、目の前に置くのは箸・徳利・盃・肴一皿のみ。いっぱい料理を並べるのは田舎者。一皿をきれいに済ませたら次へ、ゆっくりと、しかし流れるように膳を維持するのが粋だ（と一人満足）。

ツイー……。端がほのかに紅に染まる鯛昆布〆三切れは新婚一ヶ月のごとき初々しく恥じらう色香。まぐろヅケは江戸の姐さん鉄火肌の裾まくり。鮮烈大股開きの赤貝は大奥お局様の爛熟した色気、剝き出した脚のようなヒモに舌なめずり（コラ）。

ああうまかった。次は決めてある。

「生牡蠣ね」

「へい、太田さん、殻牡蠣！」

冬はやっぱりこれいかないと。大きいの三つをするりと平らげたら、その殻に熱燗を注いで〈牡蠣酒〉に。うっすらと潮が香るこれをやりたかったんだ。さて次。

「酒、磐城壽生酒のお燗に、若布と青柳のぬた」

「温度は？」

「四五度」

「へい、太田さん二本目、磐城壽生!」

〈ぬた〉こそ酒好きが必ず注文する一段落の品。なかでも青柳のオレンジ色の舌切りと緑の若布、白みそは日本画の美しさだ。

ツイー……。

磐城壽はうまいな。福島で震災に遭ったときは心配したが、山形で復活。本当に奮闘努力した。次は焼もの。ここからが思案のしどころで〈柳カレイ一夜干し〉か〈穴子白焼き〉、いやいや率直に〈丸干し〉でもいい。しかし待てよ、焦げ風味なら文学的に〈焼油揚〉という手もあるな。この店の薄揚げは京都から取り寄せてるからうまいんだ。

「焼油揚、葱と削り節たっぷりな」

「へーい、太田さん焼油揚、葱と削り節たっぷり」

毎回名前呼ばれるのも恥ずかしくなってきたな、注文がぜんぶお見通しだ。てなわけで〈鯵なめろう〉〈焼茄子〉〈イカわた焼き〉と進み、うーい、良く飲んだ。そろそろひきあげるか。えーと、明日なんだっけ、あ、最後の晩餐か、何が出るのかな、なんでもどうぞと言われたら〈鰻重〉、それも特上とおごってやれ。それにしても今日の三食は、昨日と、いやおとついとも全く同じだったな。ま、良かったよ。

「へい、太田さん、お勘定！」

一丁上がり。

（『椎名式自走マガジン　ずんがずんが』二〇一八年）

葵に連れられ、里奈は磨《す》りガラスの戸の奥へと入っていった。

「なにか温かい物でも作ってあげるね」

茜も店の奥へ戻っていくと、男子三人が店先に残された。

石油ストーブの置かれた店内には、ガラスケースの中に様々な商品が並べられている。カップラーメン、菓子パンといった食料から、醬油、味噌、酢といった調味料のほか、トイレットペーパーや箱入りの栄養ドリンクまでが同じ棚に収められている。

中地区に一軒しかない雑貨店は、澄川の万屋《よろずや》といったあんばいだった。

「杉本、お前もここに買い物にきたずらか」

肌着に着替え、いつものようにタオルを首に巻いた康男が声をかけてくる。

「そのつもりだったんだけど」

「やっぱ目的はカップ麺？　正月も五日になると、考えることは皆同じだよな」

周がだははとだらしなく笑う。

大きな頭をあちこちにつかえさせながら不器用にセーターを脱いでいる周に、ふと潤は、正月も豊橋の実家に帰らないのだろうかと考えた。それとも両親が、澄川に里帰りにきているのだろうか。

何気なく視線をやるうち、潤はセーターを脱いだ周の生白い身体から眼が離せなくなった。

タオルでふいている胸元から腹にかけて、ひきつれたような傷がある。それもひとつではない。ベルトのようなもので強く打たれた跡のようだった。

慌てて眼をそらそうとした途端、却って視線が合ってしまった。

「あ、これ？」

なんでもないことのように、周は自分の胸元を指さす。

「俺が悪いんだよ。俺、兄貴と違って出来が悪いから、父ちゃんをイライラさせちゃうのね」

へらりと告げられ、潤は返す言葉を失った。

周がここへきたのは、花祭りのためではない。

その事実を目のあたりにし、潤はたじろぎを隠すことができなかった。

「周、お前太っただにな」

康男が普通に声をかけてくる。けれどほんの一瞬、康男が自分に向けて素早く頷いたのを、潤は見逃さなかった。

「それだと、三折《みおり》はきついずらよ」

「えー、やっぱ、餅のせい？」

傷跡を隠そうともせず、周が腹まわりをさする。

「ダイエットが必要だにな」

葵の店でカレー粉と袋麺を買って帰宅すると、家の炬燵のテーブルの上でも千沙がざぜち作りをしていた。多恵子は、まだ自分の部屋で眠っているようだった。

「潤坊、ご苦労だっただにな」

千沙は老眼鏡を外して潤を見る。

いつもならすぐに自室に引きこもるところだが、潤は畳の上に買い物袋を置き、テーブルに広げられているざぜちを眺めた。

千沙は駒形を切っているところだった。首を下げ、尻を跳ね上げた駿馬《しゅんめ》が、花の咲いた野原を疾駆《しっく》している紋様だった。

「花祭りには、余分な人間はいないだに」

眼鏡をかけて作業に戻りながら、千沙が呟く。

花の舞は三歳から。その後、少年の三つ舞、青年の四つ舞と続き、大人たちは面をつけて鬼や神と化す。舞が不得手なものは、篠笛を吹き、歌ぐらを唄う。

「それもできない婆《ばば》のような年寄りは、こうしてざぜちを作るだに」

手が震えないように気をつけながら、千沙は型に沿ってカッターの刃を滑らせた。

「おばあちゃん」

珍しく自分から話しかけた潤を、千沙は眩しげに見上げる。

「この間、言ってたこと、本当？　俺が子供のとき、おじいちゃんと一緒に……」

の紙でできた幣《へい》を使う。宮人の家系である康男の家では、神職の笏《しゃく》に当たる祓い幣を、神事に携わる全員分用意するらしい。

「でも、切り草作りは里奈が好きだに」

康男は甘酒を啜りながら目を細めた。

甘酒を半分飲んだ里奈は、再びざぜち作りに取り組んでいる。

「そうね。毎年、里奈ちゃんの作るざぜちが一番きれいね」

茜も、カッターを動かしている里奈の真剣な様子を見やった。

「里奈は集中力があるだにな」

澄川のざぜちは、全部で七枚。集落の財産を表す、馬と蕪《かぶ》、集落の守りとなる、鳥居、やしろ、梵字の他、日光月光と、花太夫《はなだゆう》夫妻を表す向かい合った男女、禰宜巫女《ねぎみこ》がモチーフになっている。

型に忠実に刃先を動かし、里奈は一番複雑な禰宜巫女を丁寧に切っていた。

「今年の花祭りは楽しみね。ようやく澄中の生徒の三つ舞が見られるんだもの」

なにも事情を知らないらしい茜が、嬉しそうに潤たち三人を見回す。

炬燵に入っているクラスメイトたちは、否定も肯定もしなかった。

潤は黙って、茶碗の中の甘酒を見つめた。

もう一つは物理的な問題だ。山形に行けば必ず泊まりになる。毎週事務所を何日か不在にして、仕事がおろそかにならないかという心配だ。

はじめの一つはすぐに解決した。学生を見て、教えなければならないことはすぐに山のように見つかり、その方法も組み立てられた。

問題は後者で、朝の暗いうちに家を出るのはともかく、予定の授業を終えて新幹線に飛び乗り、夜一〇時頃スタッフの待つ事務所に直行し、すぐさま原稿の点検、修正の日々に変わった。依頼主には「いつもいませんね」と言われるようになってしまった。

さらに昨年から週三日出校が基本となり、求められる「現場を伝える」の現場は薄くなる一方で、現役作家としての不安がわいてくる。見ておかなければならない展覧会や業界の集まり、デザイン賞の審査なども不義理が重なる。つまりおおいに見込みは甘かった。

最初に学生に接したとき、「グラフィックデザインで最も大切なことは何か。美しさか、新しさか、個性か。そうではない、締切りを守ることだ」と言うと学生はつまらなそうな顔をした。デザインは目的のある仕事であり、それを使い始める工程は綿密に決まっている。傑作も凡作も間に合ってこそだ。プロの自覚をまず説き、課題提出締切りを厳しく守る癖をつけることを第一にした。

毎日来られるわけではないから、必然、来ている間は授業の中身は濃く、長くなる。夜の九時、一〇時に授業を終えることもしばしばだが、こちらが熱心になれば学生もかえってよく食いついてくる。そうなれば、更に高度な水準をぶつけてみたくなる。

今年の卒業生は初めて三年間つきあった。卒業の日、ある卒業生の「先生の、夜一〇時の授業が忘れられない」という言葉を聞き、失ったものだけではないかなと感じた。

●蔵プロジェクト

山形駅前通り、ホテルキャッスル先の交差点を越えて次の路地を右折すると、左側に古い蔵がある。明治時代から農業肥料を扱う小嶋商事のもので戦後使われないままになっていたが、所有者・小嶋正八郎氏のご好意により、東北芸工大の大学院生や環境デザイン学科の学生を中心に市民有志や教員の指導のもと、文化活動の拠点として再生させた。

この「蔵プロジェクト・オビハチ」は建物を調査記録し、くまなく掃除することから始まった。学生たちが床にはいつくばり、一心に雑巾がけする写真を学内広報で見た私は好ましいものを感じた。

開館まで数日となった夜、へとへとに疲れ切った様子のプロジェクトリーダーの女学生が、私の専門であるグラフィックの学生に案内ちらしやポスターのデザインを頼みたいとやってきた。引き受けたのも私の教える女学生である。相談を受けた私は「間際に慌てて作っても良いものは……」と言いそうになり、すぐ飲み込んだ。

今そんなお決まりの訓示を垂れても何もならない。私も学生時代はそうだった。蔵に残っていたものにデザインのヒントがあるはずだ、と言うのが精一杯だった。

開館日の夜、訪ねた蔵の入口や窓の重厚な左官仕上げに目を見張った。中は広く、壁全面に狭い間隔で柱がずらりと並ぶ珍しい造りだ。その柱も、「ギャラリー繭」と名付けられた屋根裏の床も磨き上げられぴかぴかだ。「半世紀ぶんたまったホコリの拭き掃除をするうちに、建物が喜んでいると感じてきました」という学生の言葉がいい。柱の間には徹夜続きで仕上げたポスター連作が並んでいる。蔵の古道具をモチーフになかなか良く出来ていた。

何かに熱中したときの若い学生の粘りは大したものだ。ここで一か月、ワークショップ、舞踏やジャズのライブ、直木賞作家・逢坂剛氏の講演会、実験アニメ上映など数々の催しが学生により行われる。普段はカフェだ。ようやくオープンにこぎつけ嬉しそうな学生に私はビールを注いだ。

リーダーの学生はチェリストの妹さんを呼んでいた。調弦ののち一呼吸入れ静かに演奏が始った。よみがえった蔵にバッハの無伴奏ソナタが朗々としみこんでゆく。それは今まで聞いたどんなホールよりも良い音がした。蔵プロジェクトはきょう三一日夜は雅楽、最終日のあす一日はコンテンポラリーダンスが行われる。

●玉こんにゃく

大学を出てデザイナーとして資生堂に入社し、研修を終えた五月、先輩が新人の私を居酒屋に連れていってくれた。七丁目の路地を入った「樽平」だ。銀座の居酒屋に初めて入ったその日以来、宣伝部の台所と言われたそこに何度通ったことか。週に二度、三度入ることもあり、新人のころは「先に行って席取っとけ」と言われた。二〇年あまり勤めて退社した今も銀座に行くとよく顔を出す。

この銀座樽平は川西町に三〇〇年続く樽平酒造の直営店で、そこでつくる酒の一つ「住吉」は日本一の辛口としてファンが多い。銀座の店の開店は昭和二年と古く、川端康成、火野葦平、三浦哲郎、井伏鱒二ら文学者の常連もいたという。鶴岡出身の直木賞作家・藤沢周平も時々訪れ、ここで賞の選考結果を待った。

それらは後年知ったことで、私はこの店の山形料理「玉こんにゃく」をいつも注文した。醤油味、熱々の丸いこんにゃくに、辛子をちょんとのせ、三玉一串が皿に二本並ぶ姿は愛敬があり、酒によく合って盃を重ねた。藤沢周平の『用心棒日月抄』に、この玉こんにゃくが登場する。藤沢も樽平でこれを肴に故郷を懐かしんだのかもしれない。

その後、山形に来たとき、本場の玉こんにゃくで一杯やれると楽しみにしたが、何軒も入った居酒屋のどこにもなく、ある店で「あれは観光地の茶店か、お祭で食べるもので、玉こんにゃくを置く居酒屋は、おそらく山形中探してもないですよ」と言われてしまった。たしかに山寺などの観光地にはあった。

赤湯温泉だったかの宿に泊まったとき、この話をすると、「では作ってあげましょう」となり、夕方調理場に案内された。スルメをダシにした醤油に、玉こんにゃくを転がしながら味をからめてゆく。おでんのように煮るのかと思っていたが、中に味をしみ込ませないのがコツと教わった。土産に買った「玉こんにゃくセット」を家で試したら大変おいしくできた。

仕事を終えて居酒屋で一杯やるのを楽しみにしている私は、山形の大学に通うようになり早速実行したが、山形市にはまだ気に入りの居酒屋が見つからず不便をしている（どなたかよい店を教えてください）。

通勤で通る山形駅ホームの売店に鍋で玉こんにゃくを売っているが、まだ食べたことはない。玉こんにゃくで一杯はこれからも銀座になりそうだ。

●やまがた林間学校

東北芸工大で教える前に山形で先生をしていた。と書けば大げさだが、五年続けて毎年夏に山形を訪れていた。

平成四年に山形新幹線が開業した時、JR東日本は開通キャンペーンとして「やまがた林間学校」という旅行企画イベントを行った。県内各地に林間学校を作って生徒を募集し、新幹線の体験乗車と本県の紹介を狙ったものだ。

その校長に請われたのが、活発なアウトドア活動でも知られる作家・椎名誠さんだ。椎名さんは盟友の〈怪しい探検隊〉メンバーに声をかけ、それぞれを塾長として、やさしい登山塾、パラグライダー空飛び塾、楽しいカヌー塾、マウンテンバイクかっ飛び塾、いかだ作り・川下り塾、砂金採り一攫千金塾、山伏人間修行塾などなど、一六の塾を一六の市町村に作り、私も〈キャンプ・料理・草木染め塾〉をまかされ、ついでにポスターのデザインも頼まれた。その時作った塾生募集のキャッチコピー「野を駆け、空を飛び、海に潜り、土の上に眠る。少年・少女に帰って自然と遊び、自然に学ぶ。先生たちはおなじみ、椎名誠とあやしい探検隊。キビしく、楽しく、愉快で、あやしい、4日間。」が、内容をよく表している。

募集には全国から申し込みが殺到し、瞬時に満員になった。各塾一〇〇人の定員だから総員は半端な数ではなく、新幹線は貸し切り臨時列車を出した。大半は二〇代男女だったが、小学生を連れた家族や中高年も多数参加した。

山形市霞城公園で開校式を開いたあと、それぞれのバスで県内全域に散り、塾生活。最後に再び全員が蔵王に集結して行ったフィナーレの閉校式の熱気は大変なものだった。

その夏だけのはずが、その後五年にわたって開校され、塾も二〇を超え、会場を変えて続けられた。JRも、県内全域を知って欲しい県も十分目的を達したようだ。またそれまでのパック旅行とは違う体験型ツアーとして注目され、多くの類似企画が続いた。

後半私は〈ワイン仕込み塾〉として南陽市に定着し、ブドウ園にお世話になった。毎年必ず来てくれる塾生も多く東京で同窓会を開くのも恒例になった。新庄の〈まるごとお祭り・肝試し塾〉は東京の大銀座祭に出場して花笠音頭を披露した。

毎年お盆のころになると、楽しかった夏のやまがた林間学校を思い出す。

●正月の行事

今年も正月は故郷、信州松本の実家で過ごした。私は大学進学以来はるかに東京暮らしの方が長くなったが、正月は一度も欠かさず実家で父母と迎えてきた。ある時それに気づき父母に話すと、「そういえばそうだな」と両親も気づいた。父は一昨年末に没し、今年は老母と私と妻の三人の正月だった。

わが家の正月の恒例行事は百人一首のカルタ取りだ。国語教師だった父は正月になると中学の生徒を呼びカルタ取りをした。和歌に親しませる目的もあったのだろう。札は戦前の製品とおぼしき「競技用」という文字だけのものだ。

私も小学生ごろから仲間入りさせられ、生徒にまじり奮戦した。おはこの「たごの浦にうちいでてみれば白妙のふじのたかねに雪はふりつつ」だけは誰にも取られまいとし、周りも知っているものだから、この札が読まれると、ひとしきり大騒ぎになり楽しかった。

父は詠み人をつとめ、最初は「今宵よくば空札一枚」と抑揚を上げ、「君が代は千代に八千代に……」など適当な歌を読み上げてから、おもむろに本番に入った。父は取るのも強く、目にも止まらぬ速さでピシーッとめざす札をはね飛ばした。父が現役を退いてからはもっぱら家族でやった。私も結構腕を上げ、最後は父との決戦になり、たまに勝つこともあった。田舎の静かな正月の夜、ふだんは無口な母が声をあげて歌を詠むのはよいものだった。

よく「あなたの故郷の正月の雑煮はどんなですか」と話題になる。私が「元日は雑煮でなく、とろろ汁を食べる」と答えると皆、へえという顔をする。松本周辺では元日の朝はとろろ汁だ。わが家の場合は、まず茶を飲み、それから父が「今年も健康で」と酒盃をあげ、二、三杯飲むと、炊き立てご飯にとろろをかけていただき、それでおしまいである。大みそかの深酒で朝寝坊していると、台所から父が長芋をすり鉢でごりごりと擂る音がして目が覚めた。松本平は長芋の名産地ということもあるが、この風習のいわれは知らない。

これにはなかなか良いところもある。というのは、このあたりでは大みそかにおせちや、年取り魚のブリなどのご馳走を出してしまい、ゆっくりと過ごし、さらに夜更けてご当地の年越しそばも食べるので、翌元日朝はけっこうお腹が張っている。そのとき消化を助けるとろろは、まことに具合良く胃におさまってゆくのである。しかしこれも現代のことで、貧しい山国では昔はとろろで元日のぜいたくをしたのだろう。いろんな風土にいろんな正月があることだろう。山形の正月はどんなでしょう。

●卒業制作

美術大学で最も大切な日は入学式でも卒業式でもなく、卒業制作展の初日だ。東北芸工大もこの二月一八日、無事幕を開けた。芸工大には絵画・彫刻・工芸・プロダクト・建築・デザイン・美術保存など様々な分野があり、卒展はそれらを一堂に見るよい機会だ。毎年、どの分野にもよい作品があるなあと刺激を受ける。

とはいえやはり気になるのは自分の専門コースの学生の作品だ。四年生になると、ほぼ一年を費やして卒業制作に取りかかる。私の教えるグラフィックデザインでは、新しい表現に挑戦する者もいれば、面白かった課題を再び掘り下げる者もいる。成果を一月に採点するが、展覧会初日までそれから一か月ある。

その間は意識的に指導をやめて突き放す。この、最後は突き放すことにより、作品は（指導の産物ではなく）本当に自分のものになり、そのことで学生は大きく成長する。それがこちらには大きな楽しみだ。

私のゼミに、主題になかなか表現が追いつかず、突き放すことに不安を感じた学生がいた。卒展の始まる二日前、彼女の仕上げたものを見て、そのすばらしい飛躍に私は感動のあまり声が出なくなった。

「よくやった」

一年間で初めて出た言葉に、学生も嬉しそうだった。

毎年、大学の卒業制作集が出るが、白黒のうえ一点あたりの掲載はどうしても小さくなる。グラフィックコースでは少ない教育費をやりくりし、印刷会社に無理をお願いし（大風印刷さんありがとうございます）、フルカラーの立派なグラフィック卒業作品集を作っている。教える側からのお祝いだから学生には手伝わせず、制作は我々の手弁当だ。グラフィックというものは一点制作ではなく、こうして印刷されて最終形になるという意味もある。

この本を卒業生に二冊プレゼントする。一冊は本人に、もう一冊は長年学費を払ってくれた親に差し上げるように言う。

子供が芸術の分野に進んで不安を感じない父母は少ないと思う。私の親もそうだった。卒業にあたり四年間の成果を見せる、わが子の作品が他に並び堂々と掲載されている姿に、親は子供の選んだ道を見てくれるだろう。

ここ毎年、卒展を見に来てくれるご両親、一般の方が増えており我々には大きな喜びだ。芸工大の制作レベルは年々非常に上がっているとよく言われる。卒制にかける若い創作力の真剣な熱気はすばらしい。ぜひ皆さん、来年も見に来てください。

●学生の作品発表

美術を学ぶ学生は発表活動が欠かせない。作品を他人に見てもらうことで力がつく。自分の作品の発表に臆病ではいけない。芸工大では、玄関左右ロビー、七階大ギャラリー、パフォーマンスもできるスタジオ144、落ちついた小ぶりの画廊・ガレリアノルドなどで、学生のグループ展、個展、研究室展など、いつも何かの展覧会が開かれゲリラ的な展示も多い。

感想、批評には的外れもあるが、それに耐えるタフさも必要だ。大衆に容易に理解されない芸術はあり、また本来、芸術は大衆に理解されることが条件ではない。先端を行く芸術はおよそ難解なものである。

ただ、私の専門のグラフィックデザインはそうではない。芸術的要素はたいへん重要であるが、グラフィックデザインは大衆にその目的や美しさ、斬新さを瞬時に感受されてこそ使命を果たす。しかし、それは大衆に迎合し、通俗的表現をとることではない。研ぎ澄まされた高級感、洗練された美意識、時には「この新しさがわかるかい」という挑戦的な表現もとる。人は自分の感性よりやや高いものに憧れを持ち、共感しようとする。大衆の感覚に合わせたつもりの表現はしばしば見破られ、かえって足をすくわれる。この境界線を正確に読むのがプロだ。

能書きはともかく、私の教えるグラフィックコースでも発表は盛んだ。学生の自主展を見ると、授業課題とは異なる奔放な表現や、この学生がこんな個性を持っていたのかという嬉しい発見が常にあり、「下手に教えないほうが、伸びるんじゃないか」と（淋しい？）反省をさせられたりする。

最近新設された、山形市鉄砲町交差点のスクランブル地下横断歩道は、壁面がギャラリーに設計され、芸工大グラフィックコースの学生たちによる合作作品が常設展示されている。グラフィックの上條喬久教授の指導により展示方式から参加し、現在、自転車も入れる緩やかなスロープの交差する楕円形中央広場から、四方向・八面に延びる歩行専用空間は、作品を見るための「引き」も十分だ。その形態に合わせて制作された作品はなかなかの力作だ。

また、この六月一六日から二七日まで、悠創館ギャラリーでグラフィックコースの二・三年生による合同展「グラフィック・プレゼンテーション」が始まる。どうぞ皆さん若い学生の意欲あふれる作品を見てやってください。厳しい批評もどうぞ。

●コンピューターデザイン

グラフィックデザインの世界は、ここ一〇年ほどですっかりコンピューター制作に変わった。これはデザイン制作上の至便さもあるが、印刷所が原稿をコンピューターデータでないと受け取らなくなったことが大きい。それまでは「版下」といって、詳細に印刷指定した紙原稿で入稿し、校正刷りがあがってくると、まず、指定通りにできているかを調べるのが仕事だった。

今は入稿前にデータを出力すると印刷と寸分たがわぬものがすぐ見られ、校正を待つスリルも、印刷担当者と一緒にものを作ってゆく楽しみもなくなった。かつては難しい原稿を間に名人製版者と「無理だ」「いや、やってみてくれ」と押し問答し、互いに祈るような気持ちで入稿したものだ。

当然、表現も大きく変わった。昔は直線と円を一本の線でスムーズにつなぐには名人芸的版下技術が必要とされたが今はキーを一つ押すだけだ。したがって無限的繰り返しや連続するパターンは容易になり、色指定も製版者に遠慮してあまり多くしないでおく必要もなくなった。「その結果、デザインは冗舌になり、研ぎ澄まされた一本の線、絶妙の一色という緊張感がなくなった」というのが私の見方だが。

大学の制作指導もコンピューターで大いに変わった。目の前のモニターで即座に変えて見せられるコンピューターは、グラフィックデザインの授業に最適だ。授業の速度は革命的に速まり、とりわけ図版や文を複雑に構成するエディトリアル（編集）デザインはコンピューターなしでは考えられない。

グラフィックコースでは、一年次の制作はコンピューターの操作技術を徹底させながら、コンピューターを一切使わず、手から生みだすアナログ制作を体にしみこませ、二年次以降からコンピューター制作に入る。

最近たいへん面白い現象がおきている。学生のコンピューター離れだ。というより、コンピューターでは決して出来ない表現、イラストのカスレとか手で繰り返すことによる不連続な魅力、いわば機械編みセーターよりも手編みの人間味をコンピューターにとりこんで最終的に仕上げる。コンピューターで育った世代は、それでは表現しきれないものに気づいてきている。

先日、東京からトップデザイナーを招き特別セミナーを開いた時、ある学生が「コンピューター化した時代の次はどうなるでしょうか」と質問した。

「私にはわかりません。しかし、どうなろうと、自分にしか出来ない表現を持っていれば何の不安もありません」

すばらしい答に心から感心した。

●夏の収穫

夏休みが終わり、また大学が始まった。夏休みに入る前に学生にはいつも同じことを言う。

体力、感受性、冒険心が最も豊かな青春のときに、大学にばかりしがみついていてはもったいない。ひと夏、大学は一切忘れ、この年齢でしか味わえない体験をしよう――と。

それは今の私も同じだ。大学にかまけてできない事や、たまっている用件をかたづける機会だ。若くはないのでサエないが、一つは体のメンテナンス。人間ドックだ。普段は兄に任せきりの故郷の老母の介護は欠かせない。あとは仕事。締切りに迫られていた本をようやく書き上げた。

そして大切なのが自分自身の充電だ。週に何日も東京を離れていると、見ておかねばならない展覧会や映画、演劇そのほかをどうしても見落としてしまう。グラフィックデザインの仕事は常にその時々の文化、流行を体験していないと時代から取り残される。それを補強するのが夏休みだ。

東京厚生年金会館のブロードウェーミュージカル「42nd Street」では、本場のエンターテインメントの質の高さ、サービス精神に圧倒された。映画は、昨年夏はフィルムセンターの「市川崑の大回顧上映」に連日通い詰めたが、今年は三百人劇場の「渋谷実の特集上映」が貴重で、小津安二郎と異なる松竹の社会派喜劇の系譜をたどれた。展覧会は最終日にかけつけた東京国立博物館の「世紀の祭典　万国博覧会の美術」が、明治初期に世界に伍していくため国の政策として工芸・美術を押しだしてゆく過程を詳細にたどり、見ごたえがあった。見終えて買ったずっしりと重い図録は学生へのお土産だ。

この夏最大の収穫は青山スパイラルホールの、京都のパフォーマンス集団「キュピキュピ」東京初公演「キャバロティカ」だ。海外で高い評価を得ているグループの公演評を新聞で読み、ピンときてすぐに当日券で見た。六〇年代のサイケデリックアートをベースにした歌謡ショーという破天荒なスタイルに取り入れた映像表現はすばらしく、私がグラフィックデザイナーとして最もやってみたいことがそこにあり、たいへんな刺激を受けた。

夏休みに海外に出て、尊敬するアーチストに作品を見てもらう機会を作った学生がいた。北海道のロックフェスティバルにテントを持って参加するという女生徒もいた。私も土産話をたくさん仕込んだ。彼らに会うのが楽しみだ。

●世代の文化的関心

大学で学生に接していると、今の若い世代に最も共通する文化ジャンルは音楽であるとわかる。

戦後すぐは本、すなわち文学・教養の活字文化が若者の心をとらえた。岩波新書の発売日に書店に行列ができたり、坂口安吾や太宰治など、青年必読の書というものがあった。

私の世代である一九六〇年代は、それが映画であると言ってよいだろう。私も早くから映画の面白さを知り、大島渚や今村昌平、フランスのヌーベルヴァーグやイギリスのアングリー・ヤングメン、あるいは巨匠・新鋭の思想的、芸術的作品をアートシアターなどで次々に追いかけた。問題作を見ていることが共通会話の条件で、「あれ見てないの」とバカにされるのを恐れた。大学の映画研究会が最も盛んだったころである。

今は音楽だ。ロック、ポップス、レゲエ等々、アンケートで「趣味」の項目を作ると音楽は必ず一位。CDの豊富な音源が音楽文化を育て、耳にヘッドフォンを挟み音楽を聞きながら制作する学生も多い。

それを見込んで、二年生にCDジャケットのデザインという課題を設けている。順を追って与えるテーマの、その1は「バッハの管弦楽組曲」、2は「ビートルズ」。いずれも音楽をじっくり聞かせ制作に入る。普段あまり聞いていないであろうクラシックを耳にさせる狙いもある。最初の年はその3として「自分の好きなアーチスト」をテーマにしたが見事に失敗した。それぞれのアーチストへの思い込みが強すぎ、デザインに大切な客観性のない、自己満足に終わってしまった。

最近の学生のもう一つの特徴は、ストリートダンスから舞踏まで、踊ることへの興味だ。そういうサークルもいくつかある。芸工大・東北文化研究センターの森繁哉助教授は舞踏家で、時々披露するパフォーマンスは学生に人気だ。先日、大学伝統館で行われた世界的舞踏家・田中泯氏の公演には私も大きな感銘を受けた。また小さいながら学生のファッションショーも盛んで、精いっぱいの創作ファッションデザインを音楽にのせて発表している。

ダンスもファッションショーもいわば身体表現だ。私たちの世代くらいまでは人前で踊ったり、衣装で何かを表現するなんて「とてもとても」と、最も苦手としていたものである。活字↓映像↓音楽↓身体表現の移り変わりが興味深い。

●近代化遺産

ある地方都市で開かれたデザインセミナーで講師を務め、その後の懇親会で、「地方都市の個性をどう作ったらよいか」と質問され、「古い建物を残すよう心がけたらいかがでしょう」と答えた。

とっさの返事だったが、かねがね思っていることだった。私は地方都市を一人で歩き、古い建物を見て歩くのが好きだ。以前は明治初期の和洋混交の素朴な擬西洋風を面白く感じたが、近ごろは西洋建築の導入期を終え本格的な様式設計がこなれてきた大正・昭和のビル建築がいい。昭和初期は県庁建築の黄金時代で、おおむね尖塔を中心に左右対称に両翼を広げた壮麗典雅なものが多い。通称〝キングの塔〟と言われる神奈川県庁（昭和三年、設計・神奈川県内務部）、東京日比谷公会堂に似る茨城県庁（昭和五年、設計・置塩章）、スパニッシュ風が瀟洒な静岡市役所（昭和九年、設計・中村與資平）などは内部も見せてもらい、忘れ難い印象がある。

いうまでもなく旧山形県庁（大正五年、現・文翔館）も、米沢出身の日本を代表する建築家・中條《ちゅうじょう》精一郎によるイギリスルネサンス様式の気品ある名作だ。このような大建築でなくとも銀行の地方支店、医者の病院兼自宅、商業ビルなどの戦前の建物は、現代建築からは失われたロマン豊かな装飾に尽きぬ味わいがある。

また欠かせず面白いのは古い石橋の親柱（エンドポスト）だ。本来の橋の役割には何も関係ないこの部分に、一つ一つの橋に個性をもたせるべく、おおむねアールデコの装飾がたっぷりほどこされるのは、橋というものがいかに大切にされ、それが愛されるべく苦心した設計者の情熱だ。私は川があると必ず古い橋に注目するようになった。

このような明治、大正、昭和の建造物は近代化遺産（ヘリテージ）として大切にされるようになり、工場、灯台、給水塔、橋梁、水門などにまで分野がひろがっている。あわせてそれらを見て歩く「ヘリテージング」も興味を集め、観光資産にもなっている。もともと古い街並を大切にする欧米では科学技術や産業の遺産にも芸術的価値を認め、ドイツでは大規模な製鉄所そのものが博物館として保存されているそうだ。日本全国どこへ行っても駅前は再開発で皆同じになってしまい、まことに味気ない。今からはもう造ることのできない、また造っても意味のない（レプリカではなく、時間の重みを背負っていることに意味があるから）古い建造物は、その町の個性を表わすかけがえのない財産だ。私の大学でも山形市内の蔵の調査再生をはじめ、古い石鳥居の調査も始まった。

●鶴岡にて

先日鶴岡に行った。

鶴岡は今、作家・藤沢周平を生んだ町として脚光をあびている。数年前私も映画『たそがれ清兵衛』ロケ中の山田洋次監督にインタビューのため訪れた。山の古寺を使った小さな祭の場面。出演の宮沢りえさんにも話を聞く予定だったが、物陰で出番を待つ集中した姿に、それは遠慮した。

　昼、本学学長で環境デザイン学科教授である小沢明さんの設計した鶴岡アートフォーラムを見に行った。重要文化財・致道館と斜めに対峙する立地。致道館の、藩校らしい簡潔な木組に唐様の屋根を戴いた重厚な古格に対し、アートフォーラムの軽快でモダンな設計は対照の妙を見せ、古い町に清新な風が吹いているようだ。周辺の森を生かし、市の風致地区に最初からそこにあったようなおさまりは、環境を重要視する環境デザイン学科の教育理念をよく表わしていると感じた。

　夕方、割烹「いな舟」を訪ねた。一〇数年前一度来たと話すと、着物の若女将は嬉しいことに、憶えてますと言ってくれた。当時はまだ若かったんですよと笑うけれど、今もじゅうぶんお若い。その時カウンターに立っていたお父上は残念ながら亡くなれたそうで、東京のテレビ番組に出演したときの写真が飾られている。お父上の奨めてくれた「ハタハタの湯あげ」の味が忘れられず、今日も注文した。

　四〇年では鶴岡ではまだ老舗ではないと言う若女将の、「……ですのう」という柔らかな鶴岡言葉がのどかな気分を作るが、その中にお父上の残された店をしっかり守っている気概が感じられた。

　静かな夜の町を歩き、バー「89（やぐ）」の扉を開けた。店名は亡くなられたマスター矢口さんが通称「やぐ（ちゃん）」と呼ばれていたからだ。今は奥様がカウンターに立つ。御歳七〇を過ぎながら、男物のストライプシャツに黒蝶ネクタイ、胸当て前掛スタイルで背筋を伸ばし、いささかも年齢を感じさせない。名物はスミノフジンの「スカイボール」だ。私は全国のバーを歩いているが、かつて有名だったこのカクテルを今も出すのはここくらいだろう。現役女性バーテンダーとしておそらく日本最高齢、主人から弟子として厳しく叩き込まれたという技術は一寸の乱れもない。ほほ笑みをうかべながらも、常にまっすぐにこちらを見るしゃんとした姿勢に、私はいつも何か学ぶものを感じる。

藤沢作品に登場する、日ごろは控えめでありながら、主人の窮地にあたっては果敢に身を挺する女性たちを、鶴岡の町に見たように思った。

●山の魅力

仙台の古い居酒屋で一杯やっていて、おかみさんと山の話になった。

四〇歳代とおぼしきおかみさんは最近すっかり山好きになり、栗駒山、安達太良山、月山などの日帰り山行を楽しんでいる。山歩きはまず体の調子が良くなり、無心に歩くことで日常を忘れ、何よりも自然の大気、植物、気候が心身を浄化するという。

まことにその通りだ。私も四〇歳代に入った頃から登山に熱中した。私の場合はもう少しハードに山岳会に入り、標準ルートではないバリエーションルートからの山行を試みた。それには岩登りの技術が欠かせない。ちょうどその頃、従来のロッククライミングとは異なり、岩壁にハーケンを打ち込んだりしないで素手だけで登るフリークライミングが日本に入ってきた。

岩場の現地で毎週末のように講習会が開かれ、フラットソールの専用靴、ロープワーク、クライミング技術などを熱心に習得した。わずか三ミリの段差があればそこに立つことができる。その技術を駆使して本番山行に挑む。谷川岳の大岩壁や、穂高の屏風岩などの長く苦しい岩登りは忘れられない。冬は氷壁のアイスクライミング。雪山の滑落防止訓練や富士山の高度順化キャンプも経験した。

その集大成のつもりで初めての海外登山にアイガーに遠征した。本場アルプスの岩稜は日本よりもはるかに厳しく、大きく、早朝出発・午後下山の予定が、三晩ものビバーク（テントなしの仮眠）となってしまった。左右は目もくらむ断崖で、幅四〇センチもないナイフリッジ（ナイフのような稜線）に体をしばりつけた一夜の、心細くも美しい満天の星。あれほど星が近く見えたことはない。死なずに下山することだけしか考えなかった四日間、ようやく麓の町が見えた時の安堵感は私の何かを大きく変えた。

それは精神力だと思う。山行が遅れたのは技術・体力不足以外の何ものでもないが、それでも帰って来れたのは精神力だ。天空近くどこまでも連なる雄大なアルプスの峰々が、私に与えてくれたものがそれだった。

四囲を高い山に囲まれた長野県で育った私は、山とは乗り越えねばならないそびえ立つ壁と感じていたが、東北の招くようになだらかにどこまでも続く山々は、そこに入れば自分を抱いてくれるように思えた。いわば父と母の違いだろうか。

今年の冬は厳しかったが春はもうそこだ。私もいい歳になった。東北の山々をゆっくり歩いてみたい。

●俳句の会

月一回、「東京俳句倶楽部」という俳句の会に参加している。

メンバーは写真家、イラストレーター、作家、噺家、女優、デザイナー、舞台演出家、テレビプロデューサーなどいわゆる自由業で、定席の赤坂の料理屋に毎回一〇人ほど集まる。みな俳号をもち、席ではその名で呼びあう。私は「七星《しちせい》」。初めて参加したとき俳号を用意せよと言われ、そのころ煙草を吸っており、それがセブンスターでそう名付けた。

毎回、発表される季語にのっとり四句つくる。先月は「暮の春」「つばめ」「蜆汁」「牡丹」。締切り時間に合わせ投句し、作者名を伏せて清書され張りだされる。そこから自作を除いた八句を選び、順に披講し、「天」という最高位に選ばれた作者に短冊清書と持参の景品を贈る。最後に全員の点数が出て順位が決まる。年末忘年句会では年間総合順位が出て、年間優勝者には「芭蕉杯」というトロフィーが贈られる。

もとより遊びの会ゆえ、談論風発、皮肉嘲笑乱れ飛び、それが楽しいのだけれど、締切り時間が迫ると話しかけられぬようトイレにこもり専念する者もいる。

先月は連休初日というのんびりした日まわりとなり、句会後の飲み会（優勝者が全員にビールを一杯おごるのがお約束）もいつになく遅くまで続いた。この句会は、もう三〇年以上続いているとわかり、互いに「歳とるわけだ」とため息をもらした。古いメンバーには故人も多く、追悼句もいくつも作った。私もこれほど長く続いている会はない。互いに腹蔵なくバカ言えるのはストレス解消にもってこいだ。

しかし遊びと言ってもそこは皆一国一城のクリエイターで、さりげなくみせて作句には苦心し、そのときだけはストレスいっぱいになる。まあ、真剣になるから面白いのだ。おのずと各人の芸風も定まり、作者の見当もつく句もあるが、それを逆手にとる者もいて毎回にぎやかなことになる。

私ですか？　私は俳句の才は全くないようで、師と仰ぐ西東三鬼、久保田万太郎を仰ぎ見るばかりだ。恥ずかしながら先月作のうちの一句。

「街道に斬りむすぶごと舞うつばめ」

結果は参加一一人中一一位。つまりびりっけつでした。

●夏合宿

私の勤める東北芸工大のグラフィックコースは、四年生になると各先生のゼミに分かれ、それぞれの研究を通して卒業制作に入る。今年の私のゼミは一〇人。先日、猪苗代の格安施設で恒例の夏合宿を終えた。

合宿にはそれぞれが作品をかかえて集まり、壁に貼り、マンツーマンで徹底的に指導する。目的は目前に迫った夏休みに制作に集中できるよう問題点を洗い出し、方法を検討し、完成水準目標をしっかり定めることだ。技術的な面もあるが、最も大切なことは自分の作り始めた作品に自信を持ち、迷わない強い精神力をしっかり腹にすえる点にある。

合宿をやろうと考えたのは、私が初めてゼミを持ち、一年が過ぎて卒業制作完成の「お疲れ飲み会」を開いた席上だった。ある学生に一年間の感想を聞き、「厳しい指導で思っていた以上の作品ができてうれしいが、何か楽しい思い出もほしかった」と言われた言葉がグサリときた。

そうかもしれない。やはり若い学生たちなのだ。同じ目的で集まった同士が人間的に触れ合ってよい仲間になり、ともに成長する喜びを持つことは大切だ。その場で「では来年から合宿をやろう、ついてはOBとして来てくれないか」と持ちかけた。

その時期になり、どうかなと思っていたOB・OGも、東京をはじめ各地から参加し、よき手伝いをしてくれた。壁に貼りだされた後輩の作品を「去年は自分もこうだったなあ」としみじみ見ている光景がいい。

合宿の楽しみは、文字通り一つ釜の飯を食うことだ。椎名誠さんのあやしい探検隊キャンプで野外料理はお手のものの私は、合宿中の食事は全て自炊と決めた。その指導も怠りなく、全員による手作りのごちそうを前にビールで乾杯する瞬間は、大学内の普段とは違う、まさにはち切れんばかりの笑顔が爆発する。それ以降は野暮は言いっこなし。私も普段の飲ん兵衛に帰り、ついグラスも重なってしまう。

今年から合宿の名物料理を作ろうと餃子を提案したところ、女学生の一人が「私にやらせてください」と手を上げた。しかし心配で直前にお母さんにもう一度教えてもらってきたというのがいい。皆で野菜を刻み、包んだ一〇〇個の餃子は歓声とともに瞬く間になくなった。

帰る朝、私の部屋に四年生を集め最後の指導をした。一つ部屋で遅くまで話していた学生も多いようだが、全員の目はすっかり澄みわたり、私の話を吸い取り紙のように吸収していくのがわかる。今年も皆、良い作品を作ってくれるだろうと確信した。

●古さの価値

最近、「金接ぎ」の教室に人気があるそうだ。金接ぎとは、割れた陶磁器の破片を金でつなぎ修復する技法だ。本来、価値の高い美術品修復用だが、思い出の品などにも、もちろん良い。今は高価な金にかわる良い材料があり、日曜教室でも扱えるという。

例えば五客揃いのカップが一つ欠けてしまい修復すると、みな一様に、復元した品の方に愛着がわくという。つなぎ目の線は残るが、先生の「日本人はこの割れたつなぎ目を、また一つの景色として愛でるのです」という説明に深くうなずくそうだ。通う女性の一人は「もっと試したいが（新品が）なかなか割れてくれないのよ」と本末転倒ともとれる笑いをしていた。

これは私にもよくわかる。以前、万古焼の急須の蓋をうっかり落とし、割ってしまった。破片を集めると形になりそうなので瞬間接着剤で慎重に接合したところ見事によみがえり、我ながら悦に入って、以来愛着の品になった。

古カメラや古時計などを修理する専門職人に憧れが集まっているという。今や壊れた電気器具などは修理するとかえって高くつき、新型も手に入るので、少しでも機能が止まれば捨てるのは当たり前になった。しかしどこかに、直せば十分使えるものを簡単に捨てて良いのか、という痛みは残る。その罪悪感ゆえ、修理して再び命をよみがえらせる行為に気持ちの良いものを覚えるのだろう。

先日、一〇年近く使った携帯電話を新しいのに取り換えた際、データ流出防止のため古い方を目の前で穴を空け破砕するのを見て無惨な気持ちになった。若い人は携帯電話は半年くらいでどんどん新型に変えるそうだが、その度にこの光景を見て、使えるものを壊す行為に平気になっていくのは不安だ。

また、古だんすの洗い直しや椅子の張り替え、古い着物の洗い張りも見直され、より大規模には古民家や蔵の再生が静かなブームだ。

これは自分を再生させることにつながっているのだと思う。ある程度年齢がゆくと新型よりも古いものに愛着がわくのは、そこに長く生きてそろそろ疲れてきた自分を見るからだ。それが再生してゆく姿に自分の希望を重ねる。修理すれば自分もまだまだ使えるぞ、へたな新型よりも味わいがあるぞ——と。

携帯電話、パソコンなど次々に新技術が実用化され新製品に追い回される状態は、もはや普通の人のキャパシティーを超えつつあるようだ。これからは新型よりも時を経てでき上がってきたものが高い価値を持ってゆくだろう。それはモノであり、建築であり、景観だ。人間もそうありたい。

●地名に思う

平成の大合併とやらで全国に新しい地名が生まれている。東京には「西東京市」ができた。なんとも味気ない名前だ。埼玉県では浦和・大宮・与野が合併して「さいたま市」となり、そこに住む友人は「まったく恥ずかしくて」と渋い顔だ。いい大人が自分の住所にひらがなの名前を書くのかと同情する。愛知県の「南セントレア市」は住民投票で不採用になった。この町には良識ある人がいたのだろう。

私は地名にひらがな、カタカナはふさわしくないと思う。安易に東西南北を冠するのは主体性のない「寄らば大樹」で情けない。地名はその土地の風土と歴史を内包し、史的検索のまさにキーワードで、新地名を安易に創作してよいものではない。地名には言霊が宿り、それがその土地を守っているのだ。

昭和三七年に「住居表示に関する法律」が公布され、全国に町名変更が吹き荒れ、由緒ある地名が次々に消えた。しかし（賢明にも）京都は実行せず、町名だけですぐに歴史をさかのぼれる美しい名が生きている。東京でも例えば、住民周知のないまま広域化の名目で「根津一丁目」に変更された住民が、役所に粘り強い交渉を続け旧町名の「弥生町」に戻した。この町で発掘された土器が、かの弥生式土器であることがこれで伝わる。また、袋町、揚場町などの一帯を神楽坂で統一しようと役人が説明会を開いたが、古老たちが「だめだめ」と一蹴して全く受けつけず立ち消えになったという。

町歩きの好きな私は旧町名がその由来とともに表示されている案内板を読むのが好きだ。そして昔の人の名前のつけ方の巧みさ、美的感覚にうならされる。

昨年、金沢市浅野川沿いの由緒ある通りを歩いた時、地名の「主計町《かずえ》」は旧町名の復活と聞き、「ああ、そういうことができるのだ」と目が開いた思いがした。「飛梅町」という美しい名前もよみがえったという。こういう旧町名復活を実現した自治体は他にもいくつかあり、全国的にその機運は高まっているそうだ。古い町名の由来を知る人たちが高齢になり、このままでは記憶から消えてしまう危機感もあるという。美しい町名はそこに住む人の誇りだ。そういう名が復活するのはなんと良いことか。六日町、七日町、八日町、十日町、香澄町、旅籠町、鉄砲町、小荷駄町、銅町、肴町、宮町、小姓町。山形市にも由緒ある町名はいくつもある。いつまでも大切にされることを願う。

●祭

私の父は長野県で教員をしていた。公立学校教員に転勤はつきものだ。県内ではあるが、父について小中学あわせて五校を転校し、そのつど住む土地が変わった。数年住んでいなくなるのでは地縁は生まれない。父の実家には年に一度、盆の時に行くぐらいでそこも縁はうすい。

地縁のない淋しさは祭の時に最も感じた。地域共同体の氏神の祭は地縁のないものは氏子ではない非関係者である。神輿や行列に呼ばれて加わるでなし、近所の家に招かれ、酒を飲む大人たちの間で遊んだり、小遣いをもらったりしたこともなかった。常に遠くからの見物で仲間外れの悲哀を味わった。

大人になり、ちょうど秋の今頃に各地を旅すると偶然その土地の祭に出会う時がある。夜の明かりのともる神社境内で、夜店に群がるかわいい浴衣姿の子供たちに混じるのは何とも言えない気がする。私がいまだに祭にわくわくするのは、幼時の疎外体験があるからかもしれない。

また祭は土地の歴史を背負う民俗文化として興味尽きなく、京都や東北の三大祭あたりはぜひとも体験しておきたいものだ。私は毎年「浅草三社祭、今年も盛大に」などの新聞記事を見ては、いつもそれこそあとの祭、行けばよかったと思い続けた。

今年は早くから意識し、三社祭、神田祭（今年は二年一回の表祭）、深川祭（今年は三年一回の本祭）に出かけた。浅草寺五重塔を背にした三社祭神輿の美しさ、神田明神の神前で次々にお祓いを受け練り歩く神輿の列の心意気。永代橋を渡る連合渡御は神輿を高くかかげ、通りでは雨のごとく盛大にバケツ水掛けの飛ぶ深川祭など、江戸伝統の粋と威勢を存分に見物した。

最も心惹かれたのは佃・住吉大社の祭だ。ここも今年は三年一回の本祭。佃は島だから四囲は海に囲まれ、神田や浅草のように広くないところがいい。小さな船だまり脇に夜店が並び、近所の人が机を出して酒を飲む姿は、祭本来の情緒がしっとりと感じられる。水に向かって立つ銅葺き大鳥居、白く巨大な幟が夜空高く翻る光景はおそらく昔から変わらないのだろう。

祭の間中はどこの家も玄関を開け放ち、無礼講で人を寄せる。といっても知らぬ他人の家には入れないものだが、佃に住む友人が染物職人さんの家に誘ってくれた。祭のご馳走は赤飯に煮染めと決まっている。缶ビールを手土産に上がり込み、大勢の仲間に入れてもらい酒を飲む嬉しさ。東京に住んで四〇年。初めて地縁の端に座った気がした。

山形にも祭はいくつもある。私もいつかは参加して本当の山形を感じてみたい。

●鍛える

朝、大学宿舎から研究室に通うとき、左手の高校のグラウンドで運動着の高校生が号令をかけながら元気よくランニングをしているのをよく見る。若者が自分を鍛えている姿を見るのはよいものだ。

大学で教えるようになって五年。鍛えられていない若者はだめだ、と確信を持つようになった。運動でも何でも徹底的に自分を鍛え、体力、気力、精神力の限界を知り、乗り越える。それを何度も繰り返す。のらりくらりや口先だけはすべて否定する。若いときにその経験を持つことはたいへん大切だ。

野球ならば夏の甲子園を目指し猛練習、一人での走り込み、合宿特訓など様々な鍛錬がある。しかし誰もが甲子園に行けるわけではない。たとえ行けても出場できず応援にまわされる選手もいるだろう。けれども、猛練習に耐えた、できることはすべてやったという自信、自分への誇りは生涯の支えになるに違いない。それが貴い。

私の教えるグラフィックデザインでは学生を鍛えるために、本格的制作の始まる二学年の最初に特訓、すなわち一課題を三日で仕上げる集中授業をする。正確には、一日めに課題を発表してすぐ制作に移り、翌二日めも制作、そして三日めには提出だから正味二日だ。これを四週間繰り返し、四点の作品を作る。課題は一週ごとに高度になる。

最初学生は悲鳴を上げる。「そんなこと出来っこない」「無理だ」の声は無視して実習室に放り込む。それからは全員にマンツーマンで特訓だ。夜一〇時、一一時になろうとも、学生が一人でも残っている限りこちらもつきあい、体力、気力勝負で創作力の限界に挑む。夜八時ごろを回ると学生の熱気も高まり、目の色が変わってくるのがわかる。いったんアルバイトに出て、終えてから教室にかけ戻る学生もいる。

これもコンピューター制作によるからで、昔のように手描きしていたのではとてもこんな授業はできない。初めはちらほらいた欠席者も次第に減り、後半は全員出席が続く。学生は「これは大切な授業だ、出ておかねば損だ」ということに敏感である。

今年もようやく最終日が来て「みんなよくやった。大変だったろうが、僕も大変だった」という私の感想に学生たちは深くうなずいてくれた。

今年は授業アンケートをとった。「少し自信がつきました」「厳しかったが、それがよかったです」などの中に、「すべてを終えて最初の作品を見ると、いかに未熟であったかがわかり、それに気付いた自分に感動した」というものがあった。鍛えた成果があったのかもしれない。

●ゼミのOB会

この八月、東京・新宿で大学の私のゼミのOB会が開かれた。

最初三、四人で飲もうかと話していたのがいつの間にか知れ渡り、参加者が三〇人にもなって、あわててなじみの居酒屋を予約した。

これには前があり、三月に同じ新宿で初めてのゼミOB会を開いた。平成一二年に東北芸工大に赴任して以来五回のゼミ生を卒業させ、東京近辺で働く卒業生も増え、「それでは一回集まろうや」となった。ところが山形、仙台からも駆けつけ四〇人近くになり、その三月に私が還暦の六〇歳になったことを知っていて、真っ赤なダウンベストをいただいた。私は大いに照れ、かつ、こみ上げるものがあった。

ただの飲み会だから、開会挨拶その他いっさいなし。来た順にどんどん飲んでゆくだけのことだが、礼だけは言わなければならない。ただし、すでに社会人になった諸君に教訓めいたことは言わない。「どうもありがとう。お礼に、今後この店に来たら、飲み代はすべて私につけてよし!」と言い放つと、どっとわいた。

さておなじみの面々が再び集まった。単に飲むだけなら前回と同じだが、私は一人ひとりに聞きたいことがある。それは「今、どうしている?」だ。

社会人として立派に、とまでは言わなくとも、せめて通用するように、できるだけの教育はしてきたつもりだ。プロデザイナーとしての技術はもちろん、就職にあたってはそのつどアドバイスを重ねた。それがうまくいっているか。また就職難の今、仕事が決まらないうちに卒業した学生も大勢いる。その子たちのその後を知りたい。

勤めを始めている子には、会社はどうか、何に苦労しているかを。「先生、就職できました！」と目を輝かせて報告する子には、どこのどんな会社だと。転職した子にはそのわけを。

「○○と××が結婚しました」の報告には一同が「えーっ！」と驚いた。留年を重ね、今年ようやく遅れて卒業した男子学生は全員から荒っぽい祝福を受けた。今回は私のゼミ生に限らず、「先生、お久しぶりです」と五年ぶりに現われた教え子もいた。なかにはまだ持っていない者もいるが、集まってきた全員から名刺をもらった。

翌日それを名刺ファイルにおさめ、しばし眺めた。それは、私の何よりの勲章に見えた。

（「読売新聞」二〇〇三〜二〇〇六年）

月の光

「月の光は明かるいんだ」と言ったのは死んだ父だ。私がまだ小学校に入っていない頃と思う。終戦から間もない信州の夜の田舎道を父と私は歩いていた。昼は白い砂ぼこりをあげてバスも通る道も、夜は人っ子一人なく、土の道は月の光を受けて銀色に光っていた。

あたりに人家はなく、アカシヤの樹林だけが黒々とシルエットを描き、何も通らない道の真ん中を父子は安心して歩いた。私は三人兄妹だが、なぜその時は私と父だけだったのだろう。私と父だけだったから、その言葉を印象的に覚えているのかもしれない。

またある冬の節分の夜。家の中で豆撒きを終えた父は、歳の数の豆をひと握りでつかむ遊びをした後、これを夜道の十字路に置きに行こうと言った。夜、人の見ていないときに十字路に歳の数の豆を置いてくると縁起がよいのだそうだ。田舎のそんな時間に外に人はいない。道は月光を浴びて煌々と明るく、砂利を踏む二人の下駄の音だけがぎしぎしと聞こえる。

父は豆を置いたら決してふり返ってはいけないと言った。田んぼの真ん中に、待っていたように十字路が浮き上がる。父の置いた隣りに私も自分の豆を置いた。互いにいくつずつ置いたのだろうか。帰り道、ふり返ってはいけないという言葉に私は体を固くした。ふり返ると鬼がいるのだろうか。しかしそれはできず、何となく父の着物の袖をつかんだ。後ろではきっと鬼が豆を持っていっただろう。

田舎の高校生の時、仲間と夜中に集まり、わけもなく気がはやり、皆で夜の山へ入りどこまでも行ったことがあった。少し開けた山道は月の光で明るく、歩くのに何の不自由もない。誰もが眠っている時間に山道を歩いているのが痛快だった。切れ上がる崖に、勢いをつけて走り登り、どこまで上がれるかの競争をいつまでもしていた。

仲間とキャンプを楽しむようになった。夜、焚火を囲み酒を飲んでいて、時おり小便に立つ。焚火の赤い光を離れるとしだいに闇は青白く変わり、やがてあたりは月の光だけになる。しかるべき場所を定め、おもむろに用をたしながらいつも見上げるのは月だ。

そんなある夜、カヌーイストの野田知佑さんが、夜の山道を歩いていて一〇〇円玉を拾ったことがあると言った。月の光に目が慣れると昼間とさほど変わらないという意味だ。また、振り仰ぐとたいてい満月だ、と言ったのも印象に残っている。私もそうだ。何となく月を見上げると満月だったことはいくらでもある。住宅地にある私の今の仕事場の前は坂道で、下り坂の先に満月がのぼり、美しさにしばらく眺め入ることがよくある。振り仰ぐと満月なのではなく、満月の夜の明るさが、月を見上げさせるのだ。双眼鏡を持ちだし、月の地形をじっくり見たことがあった。

満月はどこで見ても同じ形で同じ光を放っている。夜の東北新幹線の車窓からくっきりと満月が見え、いつまでも眺めた。トンネルに入ると一瞬自分の顔が映るが、抜けると同じ位置に月はついてきていた。

今までに一番大きく見えた月は、ヨーロッパアルプスのアイガー峰に遠征したときだ。山行ははかどらず、パーティー五人は尾根でビバークすることになった。切り立ったナイフリッジの山稜の幅はおよそ四〇センチで左右に深い断崖が落ちている。寝袋に身を包み、ロープで慎重に岩に固定した。夜の小便にはおきられないなと思った。

背中の位置を定め、あとは目をつぶるだけだ。他の四人は目を閉じただろうか。一面の満天星のなかに、あたりの星を吸いこむように満月が光っている。初めての本場の山は予想以上に厳しく、まさか生きて帰れないことはないだろうけれど、自分の技量、体力でこれからの岩場を越えてゆけるか心配だ。しかし今は眠るしかない。月はどこで見ても同じに見える。日本でこの月を見ている人もいるかもしれない。私は今、スイスの岩峰稜線に縛りつけられている。この月は忘れられないだろうなと思った。やがて眠りにおちた。

（『遊歩人』二〇〇六年）

祖父と父

私の父方本家は長野県松本市だ。家はすでになく跡地は小公園になっている。松本は城下町で身分職業により町割りされ、城の外濠東に隣接する東町は職人町だった。家は代々の錺《かざり》職人で、明治一五年生まれの祖父は四代目。錺職人とは箪笥や手文庫などの錺金具、錠前類の金工を扱う。松本箪笥は古くから定評があった。

明治四二年、松本に生まれた池田三四郎（平成一一年没）は柳宗悦の民芸運動に共鳴し（のちに日本民芸協会常任理事）、松本の伝統工芸を調査してその価値を知らしめ、民芸の町＝松本のイメージを定着させた。

池田三四郎が著した三部作『木の民芸』『石の民芸』『金の民芸』（いずれも文化出版局）の『金の民芸』の冒頭に「金庫の金具」として私の祖父を書いている。池田家の許諾をいただいて、その全文を転記する。

〈この手提げ金庫を私の事務所で使いだしてからすでに二〇年以上になる。この真鍮金具一式を手づくりでつくってくれた人は、十数年前、八〇余歳で亡くなった長野県松本市の最後の錺職人であった太田真寿老人で、これは彼の遺作となっている。

明治時代、松本の特産品であった松本帳簞笥が盛んにつくられていたころは、旧鍛治町などには五、六十軒の錺金具職が、軒を連ねて商売をしていた話を聞いているが、このように特産品の消長というものは一〇〇年を出ずして変わってしまうのである。伝統というものは、形成されるには長年月を要するが、一度衰退に向かうと案外に早いものである。

現在はまた、このような手仕事が求められているにもかかわらず、この把手や、それをつける菊の台座のようなむずかしい仕事のできる職人は、松本には一人も残っていない。今となってみると、太田さんの仕事がどれだけ価値あるものであったかを、しみじみと思わないわけにはゆかないのである。

このごろとくに太田老人のことを思い出すことが多い。

最初、彼の仕事場を訪ねて話しに行ったとき、「おめいたちになど、俺の仕事がわかるものか」という態度で完全に無視された。彼はそれを聾を装って、何を尋ねてもろくな返事をしてくれなかったのである。

しかしこっちも意地になって二回、三回とねばって訪ねてゆくあいだに、だんだん気を許すようになり、そのうちにお茶などいれてくれるようになったが、しまいには飯を食べてゆかないかというくらいの間柄になった。

多くの話を聞いたが、いろいろな意味で、太田老人は本格的な昔ながらの職人のお手本のような人であった。長年の技術の連続が彼の手のひらを変形させて、右手と左手の手のひらと指の長さが違ってしまっていた。また仕事の研鑽ばかりか、若い頃は凝り性で、生花では遠州古流の師匠の免状まで取っていたほどの趣味人でもあった。それにもかかわらず、いっさいの道楽を自己一人の仕事の世界に集結しきったうえ、人間としては一種の悟りを開いていたように見えたほどの枯淡さを感じさせた。

理屈も言わず、自分の仕事の金銭的価値にこだわらず、つねに注文主のつごうで値段を決めてしまうような恬淡さをもっていたから、自分から貧乏を苦にしていなかったところがあった。しかも自分の人生は自分の仕事を中心にして考える頑固さをもっていたので、外部からは彼の仕事は信用を得ていたが、家庭では全部の人に理解されていたとは思われない。だから彼の貴重な技術は息子にも甥にも伝わらず、ついに一代限りの仕事になってしまった。自分の仕事のうえの一徹さから、弟子を養成することをあきらめていたのではないかと思われるのである。

昔はこんな気質の職人がたくさんいたのではあるまいか。そしてそういう生き方というものが、ほんとうの職人の道であると信じきっていた人たちが、ほんとうの仕事を知っていた人たちではなかったかと考えている。〉

祖父の息子である私の父は長野県の学校教員になった。学校教員は転任がつきものだが、父の赴任先は広い長野県の郡部ばかりで、私の一家が松本の本家を訪ねるのは正月と盆の時くらいだった。祖父は昭和三一年一二月、七五歳で没した。

後年四〇歳近くなっていた私はある夏帰省して、父が「死んだ親父のことが書いてある」と『金の民芸』を私に見せた。私は祖父について書かれたこの文を読み、大きな誇りを自覚し、父に本をもらい、以来東京の私のベッド脇の本棚に、文字通り枕頭の書に置いた。祖父を記録してくれた池田三四郎氏に感謝するばかりだ。

1

祖父の名は太田與寿《よす》(「金庫の金具」に真寿とあるのは誤植であろう)。明治一五年一月一日生、昭和三一年一二月没、享年七五歳。祖母たけ、明治一九年生、昭和三二年没、享年七二歳。子供は女女男女女男女男の、三男五女八人で、私の父・義一《よしかず》は大正四年生まれの最初の男子、つまり長男で、祖父三九歳のときの子だった。

父は平成一四年に八七歳で、母はその四年後、父と同じ年齢になる日を待つように自らの八七歳誕生日に没した。父や祖父の生涯をきちんと聞かないまま、また祖父の仕事で確実に残っているものがあるのかも聞かないまま永別してしまった。

それでも少しは父から聞いた話で憶えていることもある。

父がまだ若い頃、祖父はいわゆる職人気質で仕事は注文主を喜ばせたが、ひとたび値踏みや値下げを口にされると「では、やめた」と放り出して応じなかった。逆に仕事を称賛されても「おめいたちに俺の仕事がわかってたまるか」という態度だった。

市内の勧業銀行から大金庫の蝶番の仕事を受けて納品したが「扉を開けて手を放すとゆっくり閉じてしまう」とクレームが来た。祖父は父を呼び、糸に硬貨をしばりつけ「これを金庫のへりに合わせてみろ」と持たせて行かせた。自分の仕事に水平垂直の狂いはない、床が傾いている、ということだ。実際その通りで、その後にヤスリを持って出かけ、床の傾斜に合わせてひと擦りすると、扉はどの位置でもぴたりと止まった。

父は旧制松本中学を出て大陸に渡り、終戦後松本に引揚げて長野県の教職を得たが、長男として大勢の弟妹をふくめた一家の中心にならざるを得なかった。祖父は自ら仕事を求める型ではなく、父がマネージャー的役割となった。遠い岩手から腕の立つ職人を探し歩いて祖父にたどりついたという仕事は、岩手の豪農の婚礼調度の錺金具で、たいへん難しいものだったが祖父はできる自信はあった。しかしその材料が手に入らず、納品日は決まっている。祖父は「できない」と言うのが嫌で、あきらめさせるために一〇倍の手間賃を言ったところ「それで結構」となり、返答に窮して白状したという。和簞笥は箱（木）と、塗り（漆）と、金具の三職がからみ、箱屋が受注して仕切る。そういう人の依頼だったのだろう。

池田三四郎氏は発行していた小雑誌『たくみ』の「バーナード・リーチ特集号」（昭和二九年）で「松本工人伝」として祖父のことを書いている。部分引用させていただく。

〈――老人は一一歳の時三代目である父親（筆者注：曾祖父・太田玉吉／安政二年生）がふとした事で大切な手を怪我した機会に、どうしても間に合わせなければならない仕事の為に見様見真似の代理仕事を始めた時彼の一生の運命は決定したのである。

彼とて若い時代は迷いを持ったであろう。

今こそ一滴の酒もたしなまむが、且っては底無しの時代もあったし、尚特筆すべきは且つて彼が遠州流古流活花の師匠であった事である。

彼は松本で生まれ松本で死んで行く松本の本式な工人の一人である。彼が永年座り続けたささやかな仕事場が一切の世界であった。

驚く可きは彼の指である。

左右の親指は常人のそれよりも多分五分は長いであろう。そして異様に尖ったその指先は殆ど直角に迄曲げられる。亦長い人差指は先端の第一関節が特に太い。六〇年の手仕事が作り出した異様に迄発達したこの手を見る時凡ての理屈を超えた厳しさと尊さに打たれるであろう。長い間の手仕事の体勢は掌の発達許りではない。たとえば其の左右に拡げた膝である。腕に力を入れる時、尻と左右の膝頭の三点がぴったりと板の間に安定を保つのである。即ちその両の大腿部がぴったり板の間に密着する様な体勢に変化して了った。

太田さんこそは真の意味の松本の手仕事の権化である。〉

祖父も父も亡くなって実家を整理し、私がもらった昔からある松本箪笥を箪笥洗いに出すと立派によみがえった。抽き出し五段、材は赤みある水目桜。正面「中」の字（「あたり」と読むのか）を三つの菊紋が大きく囲む鍵座、抑揚のある左右把手、角の補強など、錺《かざり》金具は立派だ。抽き出し内側には、明治二三年に徳富蘇峰が創刊した「國民新聞」の明治二七年九月九日付が貼られる。曾祖父・玉吉の手の怪我でまかせられた祖父・輿寿の初仕事が一一歳（明治二六年）であればその翌年で、この箪笥も手掛けたのかもしれない。しかし完成したばかりの抽き出しに紙を貼るだろうか。であればもっと以前の仕事か。

貼られた記事は〈廣告　日韓清三國實用地圖　虚修を勉めず、實用を旨とす、用意周到、電信線あり、鐵道線あり、海陸里程表あり、世上汲々たる中に於て超群絶倫と為す〉〈朝鮮事件は我国の大勝利　驚くべき日本の大發明　りうまちす新藥發見〉と時代をみせ、遠い先祖に現実味を感じさせる。他の段には半紙墨書〈祝儀　小袖　壱末廣〉〈百瀬源市〉も貼られる。〈百瀬〉は松本に多い姓だが私の親戚には聞かない。昔は反故紙を大切にしていた。自家用の箪笥に補強に貼ったのだろう。

祖父の子供八人きょうだいの末子である三男の義信（私には叔父）は、池田三四郎氏がバーナード・リーチをともなって仕事場に来て、リーチが一時間余りも仕事を熱心に見ていたのを憶えているそうだ。活花は「鶴芳齋一柳」と号して昭和五年に奥伝を得、ながい間、松本の老舗呉服「井上」の女子従業員に活花を教えていた。義信叔父は松本在住の画家で、信州大学生のとき祖父から活花を教わり、自身の画集のあとがきに「私は作画する精神的なものを数多く父から学んだ」と書いている。

祖父が死んだとき私は一〇歳。満開の桜の下でその一枝を手にした祖父の葬儀写真をよく憶えている。中信（中部信州）美術展で賞をとった自作錠前の手文庫を手にした写真もお気に入りのようだった。東町の本家は間口せまく奥に長い棟割り敷地で、通りに面して、「店」と呼んでいた仕事場、奥は二階建て住家。さらに裏は大きなガラス温室でつねに花が咲き、夏は真っ赤なカンナが鮮やかだった。

私は祖父の仕事を隣りでじっと見ているのが好きだった。指は長く、「殆ど直角に曲がる親指」がヤスリを押し出し、槌で叩く鏨《たがね》が飾り線を刻んでゆくのを見た。見守る孫に言葉を発することはなかったが、フイゴから真っ赤に焼けた鉄を取り出し、冷水に突っ込んで焼き入れするときは「あぶねいぞ」と言った。ジュンと音を立て白煙を上げる焼き入れは子供を興奮させた。祖父の手元だけでなく私は顔もよく見た。太田家伝来の長い顔に髪のないほどの短髪、丸眼鏡の目は子供心にも、この仕事が好きなんだなあ、好きなことをしている人は何にも考えていないんだなあとわかる幸福感が感じ取れた。

祖父は昔の職人らしく早仕舞で、仕事を終えると一日一回は外に出て、一人で松本の繁華街である女鳥羽《めとば》川沿いの縄手通りをひとわたり歩いてくるのが習慣だったそうだ。駅前のすき焼が名物の「相模屋」には子供の父もよく連れていってもらい、二階の広い座敷で、値段の安い馬肉のすき焼をとった。祖父は馬肉は虫がつかないとこっそり生で食べていたそうだ。松本に今もある馬肉料理屋「三河屋」にも父は連れられ、相撲の桟敷のような席で酒をひとくち飲まされた。祖父は職人だが花を好んだり、町を歩く風流なところがあったのだろう。祖母は家から出たがらなかったそうだ。

縄手通りのそば屋「弁天本店」は明治一〇年の創業で、おそらく祖父も入ったと思う。私は幼い小学生のとき父に連れられ、うまそうに飲むビールを「ひとくち飲むか」と言われ喜んで口にしたが「苦い」と閉口して笑われたのもこの店だ。私は松本に行くと今も必ず寄る。

戦後間もないころ、兄と私が川で捕った活き泥鰌をもってゆくと、祖父がたいそう喜んでくれた記憶がある。祖父祖母はお金は「おあし」、映画は「活動」と死ぬまで言っていた。

一〇歳以前の私はまだほんの子供だ。年に一、二度訪ねる松本の実家はふだんの田舎から離れた町場の楽しさがあり、祖父の仕事場の大小無数の工具や金物をつぶさに見るのが好きだった。松本の風習で盆入りの夕方は、玄関前で迎え火に「カンバ」という白樺の皮を焚くのをしゃがんで見た。普段しまっておいた黒い塗り柱を表通りの四角の穴に建て、武者絵の小田原提灯に灯を入れる。それが夜の通りの各家に点々と続き、やがて笛太鼓とともにゆったりと祭の舞台が町内のお練りをはじめる眺めは、夜は暗く淋しいだけの田舎の村の生活からは夢のようだった。今夜はいつまでも起きていていいぞと言われ、そのつもりではしゃいでいたが、いつの間にか眠っていた。

正月、真冬の早朝の突き刺すような光が町の通りを澄み渡らせ、大きな箱のリヤカーで牛乳配達がゆく。その朝の冷たい空気の匂いは幼い私のもっとも原風景だ。私は、自分だけではない外の世界があることを感じ始めていた。

2

祖父の本家は大きな長屋と土地をもち羽振りがよかったそうだ。曾祖父・玉吉の嫁は大きな呉服屋の娘で、祖父が尋常小学校に入る時に式服を着ていたのは祖父とあと一人だけだった。しかし何かの保証人となったのが災いして財産を失い、仕事場だけが残った。父は一家の長男としていずれは家業を継ぐものと思っていたけれど、祖父は「これからは職人ではだめだ、学問で身を立てろ」という考えで、職を継げとは言わず教育に理解をみせたが、学費は出してもらえない。父は成績がよく授業料免除で旧制松本中学に入った。教科書、辞書などは自分のものはなく借りてすませた。部屋の隅のリンゴ箱で勉強する父を見て親戚の者は「義一さんは頭がいい」と話した。松本中学で先輩に言われて陸上競技部「天馬会」のマネージャーをやったというのは、後年の教職＝人の面倒を見る役の発芽のようでもある。ちなみに当時の松本中学の陸上は強く、東京神宮の全国大会にも選手を出したそうだ。

中学卒業の時期が来て、親しい同級生の父の奨めで銀行に勤めながら（給仕くらいか）横浜の専門学校に進むつもりでいた。ある日学校で生徒の一人が書いている書類を見ると、当時の京城師範学校の入学願書で、成績優秀であれば官費で学費や生活費が出るという。これならば自分にも機会はあると担任に申し出ると「新規の書類は今からは間に合わないが、書き損じ用の予備が一通ある、それを回そう」と言ってくれた。ちなみに成績は父が上位にあったので話も通った。戦前の師範学校は高等学校や大学に進む資力のない優秀生を国費で学ばせ教員を養成していた。

受験は一ヵ月後に迫っていた。受験勉強はできておらず英文原書を一冊まるごと読み、ひとり京城へ受験に行った。学科試験が終わり口頭試問となり、父は「自分は学費がないので特待生とならねば合格しても入学できない」と言った。

幸い合格し、単身松本の生家を離れ京城師範学校寄宿舎に入寮した。はじめは金を支給されても教科書や身の回り品で苦しかったが、やがて余裕もでて、わずかながら家に仕送りし、貯金もできた。

父は将来教師になるつもりで師範学校を選んだのではなかったが、卒業すると朝鮮の日本人学校で何年か教えることが義務づけられており、昭和九年、朝鮮慶尚北道・安東の学校に赴任した。授業は熱心だが厳しく、時々雷を落とすため「カミナリ」とあだ名がついた。ひとたび落ちると隣りの教室まで響き渡り、そちらの先生から「静かにしてくれ」と言われた。

ある時、生徒が一斉に授業をボイコットして教室が空になったが、父は誰もいない教室でいつものように授業を始め、しだいに一人、二人と生徒が帰ってきたという。国語とくに作文教育に力を入れ、また生徒を積極的に校外に連れ出してのびのびと屋外授業などをするうちに、教師の仕事にめざめていった。

私の母方の祖父・中島金作は代々長崎大村藩士の家系で、男女女男男の五人の子供を持ち、私の母・和子は二女だった。金作は学校の先生で、大村・小姓小路の本家を離れて朝鮮忠清南道・保寧郡大川の普通学校に赴任し、一家はそこにあり和子もそこで生まれた。やがて祖母りゅうは本家の両親をみるために大村に戻り住み、また子供の高等教育は日本で受けさせることにして赴任先の家事には通いのオモニをやとった。母の姉は大村高等女学校を首席で卒業しそのまま地元の郵便局に就職、妹の和子も大村高女に入ったが学業はともかく体操が苦手で体育館の肋木を登れなかったという。

和子は高女卒業後、大川の父のもとへ世話のため戻り、父は学校長を終えたのち安東の道庁土木課に勤め、男の子供たちはそれぞれの道へ歩み始めた。祖父の父（曾祖父）中島信近は明治一七年より第三代金沢始審裁判所長を務め、のち大津事件の大審院判事にも加わった人で、祖父はその明治人の謹厳をひきつぎ、夏に子供たちが「暑い暑い」と言うと「夏は暑いのが当たり前だ！」と一喝したという。

戦前大村中学のとき大村の中島本家に下宿し、同じ中学に通う金作と気の合った長崎喜々津出身の人が時を経て、安東の農林学校長になり再び近隣になった。ある日その方の奥さんが和子を、和子の下の弟の授業参観に誘った。弟の担任は私の父だ。奥さんは若く熱心な日本の教師に目をつけ、そろそろ年頃の和子に見せようとしたようだ。単身赴任家庭の金作に代わり、そういうことを心がけてくれていたのだろう。その方の仲人で縁談が整い、中国済南の学校に移った父と、安東と済南の中間の北京で昭和一七年に祝言した。父・義一・二七歳、母・和子・二三歳だった。当時父は済南に間借下宿で、母は一間しかない部屋に何もないのに驚いたそうだ。

三年後、昭和二〇年八月一五日、日本の敗戦で戦争が終わった。戦争末期二〇年六月に出征したままの私の父はもちろん音信不通で、私を身ごもっていた母は済南の新居をたたみ、二歳の兄を連れて北京の叔父をたよったが、一刻も早く日本に帰るのがよい、それには日本人収容所に入り本土引揚乗船券を得ねばならないと、数日後の九月一六日、トラックで収容所に入った（正確には、中華民國北京市・西郊区西苑操坊・日僑西苑集中所＝私の戸籍出生地）。もと中国軍兵舎だった二階建ての収容所は二つあり、大きな方の西苑集中所は一万人の日本人でふくれあがり、教室のような数多い部屋に雑居となった。要職にあった叔父の尽力ですぐに一番乗船券を得たが、収容所の医師・産婆の助言で身重では無理と、産んでから乗ることにした。収容所暮らしが始まったある日、母が二歳の兄を戸の外で待たせて用を足して出るといない。この広い収容所で見失ったら大変だと青ざめて自分の部屋にもどると、そこにいたことがあった。

父は除隊後すぐに奉職していた済南の学校へ直行し、学校閉鎖にともなう日本人生徒の身元保証、学校としての引き継ぎ処理などに腐心した。父が言うには、わが身大切にさっさと敵国を引揚げる先生もいたようだが、父は日本だけを考えずつねに中国側との納得で話し合いを大切にして奔走した。そうしてすべてを終え、一二月三一日に、見当をつけていた北京の母の叔父を訪ね、家族は収容所にいると聞いて向かった。母子二人の収容所生活も三ヵ月を超えていた母が「太田さん、面会です」と呼ばれ二階からおりてゆくと、階段踊り場に父がいた。父は母の腹に私がいることを知った。

父は中国側の指導で三民主義研究会を立ち上げ、その後収容所に来た北京大学教授で華北政務委員会顧問の方と知り合い、三月三日に私が生まれると命名を頼んだ。先生は兄の名を聞き（行彦）、母の名を聞き（和子）、和彦と名付けた。兄に倣い、母の一字をとったのだろうけれど、終戦で訪れた平和への思いをこめたのかもしれない。その方は戦後神奈川藤沢に住み、賀状などやりとりしていたという。

収容所の生活は悪く、母は乳に困ったが親切な人がいて助けられた。引揚げが進むと次第に人も減り、家族で一部屋を使えるようになった。

私が生まれて名もついた三月二一日、四人になった家族は北京を出発。歩いたり汽車に乗ったりして一、二日かかり天津・大沽《ターク－》港に到着。テント村で一週間ほど待機し、第六次引揚ＬＳＴ船に乗ったが、上も下もぎっしりの船中で生後一ヵ月にならない子の命は危ぶまれ、父は私が死んで水葬に付すとき包む新品の日の丸の旗を用意していた。産み落としたばかりの子供の葬式支度を母はどんな気持ちで見ていただろうか。しかし私は生き延び、長崎佐世保・南風崎《はえのさき》に入港。船内で何日も待たされて四月一二日にようやく船を下りた。大村・小姓小路の母の本家で、すでに中国を引揚げていた父・金作が妻りゅうとたまたま外に立っていると、ぼろぼろの姿の家族が向こうからやって来て、ああいう人もいるのだと見ていたが、それが結婚した娘の一家で喫驚したという。家族は再会した。母は乳飲み子の私を見せて泣いたにちがいない。

向かいの家からもらい乳などしてしばらく大村で休養後、長野県松本の父の生家に向かった。戦後混乱期の長崎から松本への鉄道の旅も困難だったに違いない。父が一八で家を出てから十数年、松本の祖父母は初めて長男の嫁と二人の孫に対面した。私は生まれた北京におよそ二七日いて、海峡を渡る船内に一〇日あまり閉じこめられたのちに初めて日本の空気を吸い、数日後、長野県松本まで来たことになる。私が命あるのは父母のおかげ以外にない。

長野県の教員資格をとった父は、松本にほど近い中学校に赴任がきまり、その村の豆腐屋の二階に故国で最初の住家を構えた。やがて生まれた妹に父は「明代」と名付けた。これから自分たちの本当の時代が始まるという願いをこめたか。昭和一八年生まれの兄・行彦は時代の行動感を、二一年生まれの私・和彦は平和への願いを、二四年生まれの妹・明代は明かるい時代の到来を表わした。私の最初の記憶もこの頃からはじまる。

戦後の再出発に父は張りきり、通勤用に自転車を買った。母も乗れるようにしようと、月の明かるい夜、たんぼの間の広い県道で母にハンドルを握らせ荷台を押して行ったが、体操が苦手の母は「父さん、放さないで」と叫ぶばかりでついにマスターできなかった。

父は野外教育とくにキャンプをこころみ、美ヶ原途中にベースキャンプを設営し自らは常駐、クラスごとに日替わりで担任に生徒を引率させた。今と違い親も寛大でそういうことがどんどんできた。私と兄も連れられ何日もいたが放っておかれ、中学生徒は自分たちより歳下のチビを面白がった。夜、キャンプファイアーの火を囲んで生徒は車座になり、若い先生は自ら手を叩いて「我は海の子、シラミの子、さわぐシャッツの裏表」と替え歌を歌い生徒たちをわかせた。幼い私が父に「父ちゃん、小便」と言うと「あっちでやってこい」と言われ、女生徒が「カズヒコちゃん、ついてってやるね」と暗がりに連れてくれた。父は山や野外が好きでつねに学校キャンプに連れ出し、山とキャンプは私の大きな楽しみになった。

父は終戦から二二年が過ぎた昭和四三年（五三歳）、赴任していた山形村の『館報やまがた』に「青春を語る」という題で寄稿をもとめられた。本旨のところを転記する。


〈――小学校時代から志していた専門学校への進学が、家庭事情の急変でだめになり、もはやこんな土地にはいたくない、もっと自由なところへという思いと、ただ学費がかからないという理由だけで、旧制中学を終えるとすぐ朝鮮に渡り師範学校に入学してしまった。

いやいや始めた教員生活だったが、朝鮮では子どもと共に夢中で七年をすごしてしまった。しかし朝鮮全体にみなぎっていた植民地主義と、官僚主義にどうしてもついてゆけず、さらに新天地を求めて鴨緑江を渡り、山海関を超えたのは二五歳の正月だった。

仕事は中華民国から招聘された日系教官として中国教育の近代化を図ることであったが、それよりも、私的に私のもとに集まってきた中国の青年たちと日中両国の将来を語りあったり、工場や夜学校を回って歩いて中国人の労働者に日本語を教えてみたり、中国人を対象にした日本語の新聞を発行したりする仕事にそれこそ若い情熱を傾けて働いた。

しかしそれもつかの間、やがて終戦も間近なある日、突然現地召集を受け、いきなり華北戦線の第一線にもっていかれた。入隊の日駅まで送ってきてくれた中国の青年たちは、口々に「死んではいけない」「必ず生きて帰るように」と私を激励？してくれた。彼らの同胞を敵とする戦線に出て行かなければならない私の心情は複雑だった。

やがて敗戦後、再び任地に帰ってきた私は、多くの教え子たちに迎えられ、助けられて帰国の日を待っていた。私の生涯の中で、この期間ほどのんびりした静かな日々はなかったかも知れない、しかし考えてみると、これが私の青春の最後であった。

私が青春をかけた仕事は、何ひとつ遂に実らずに終わってしまった。「わが青春大いに悔いあり」である。〉

植民地主義、官僚主義とは当時の日本の朝鮮政策にちがいない。私は『ボクらの京城師範付属第二国民学校　ある知日家の回想』（金昌國著／朝日選書）を読み、植民地朝鮮を日本国化するための創氏改名・朝鮮語禁止に到る弾圧的軍国皇民教育を知った。父はその植民地主義、軍べったりの官僚主義に嫌気がさしたのだと思う。「私が青春をかけた仕事」とは日中融和の掛け橋たらんとすることだろう。日本が中国を敵国として戦争をしているさなかも父は中国人との友好に努めていた。教育者にめざめた父は、朝鮮での失望を別の場所で回復しようと試みたのかもしれない。終戦してすぐにもとの任地に帰ると、父は敗戦敵国人であるにも関わらず温かく迎えられ、安息の日をもてた記述に、私は父のしてきたことの成果を読みとりたい。文末の「悔いあり」は、戦後それ以上をなすすべもなく帰国したことであろうか。父は長いあいだ朝のNHKラジオ「中国語講座」を聞いてから登校していた。

父は戦後の長野県での教壇生活の途中三年間、県教育委員会から初の「社会教育主事」を任命された。それは学校を離れた立場で「社会を教育する」という任だ。その三年を終えたのちの昭和四二年（五二歳）、社会教育関係誌に「私の宿命的課題」として文を書いた。その一部。

〈――再び学校に帰っては来たものの、よく考えてみると私に与えられた課題はまだはずされてはいないようである。ご承知のように県教委が初めての我々を任命するに当たって発行した〝社会教育の充実について〟という文書の中に〝地域における教育的経験の豊富な学校教職員を、社会教育行政の分野に迎え学校教育と社会教育との交流をはかりながら、本県地域社会の総合的教育活動の振興をはかることが急務である〟とあり、さらに〝本県の社会教育施設が貧弱で、住民の組織的な教育活動を促進することが困難だから、学校施設及び職員の協力体制を積極的にはからなければならない〟とある。

この趣旨からいうと私は今指導主事の任を解かれ学校教育の現場に帰りはしたものの、この三年の間に社会教育に対する深い理解を持った筈であり、今後は学校の職員特に学校長として、学校の側から社会教育に積極的に協力していく責任がある筈である。いやむしろ社会教育無経験の我々が現職のまま社会教育行政の分野に何年間か派遣されたということは、これからの方により大きなねらいがあるのだとみるべきではなかろうか。〉

「私の宿命的課題」とは強い表現だ。父は中国で果たし得なかった「課題」を「社会を教育する」ととらえ、長野県の一田舎で再びよみがえらせたと思える。

教員生活最後の学校長として六年間赴任した山形村小学校で、父は「学校は村の教育センターであると同時に、村の文化センターでなければならない」という方針を貫き、学童へのふるさと教育、自然教育を始め、校庭、講堂、学校施設の一般開放、家庭教育学級、高齢者学級を開設。村民を対象とする音楽、書道、拓本、民話クラブを教職員の指導のもとに発足させるなど、次々に学童村民一体の構想を進めた。入学式に子供を車で送ってくる父兄を見て「通学路の子の脇を自動車で抜いてはいけない」と訓示し、以降親は子を連れ、毎朝子供を門で迎えている父に手渡した。

六年ののちの定年退職後は現役教員の責任をおろし、同村に家を建てて村民となり、自分の思う社会教育に、いっそう打ち込んでいったようだ。村の歴史を学ぶ「史談会」をつくり、得意のガリ版で個人編集発行する会報『郷土』は一〇〇号を超えて死ぬまで続けた。空き公民館を「ふるさと伝承館」として史料、古民具などの蒐集につとめ、古文書解読、民謡、活花、旅行会などの村民クラブをいくつも指導し、自ら「山形音頭」を作詞したりもした。『館報やまがた』の昭和五〇年のある号は「クラブ活動花ざかり」として二三ものクラブの近況が載る。埋もれていた郷土の偉人、普通選挙の生みの親と言われる中村太八郎や永田平八郎の顕彰。村が道祖神の宝庫であることを知って重ねた調査は〝道祖神ブーム〟のきっかけとなり、遺跡の発掘調査には信州大学の学生らも集まってきた。また山形村のみならずかつての赴任地からも頼まれて、ながい年月をかけた大部の村史もいくつかある。

平成一三年、父八六歳のとき「太田先生を囲む会」を中心に八七名の寄稿により『ふるさとに誇りを』という本が作られ、私はそれにより父の事跡の詳細を初めて知った。

元村長の方の歌〈わが師こそ村ルネッサンスのリーダーなるや温故知新を教え賜えり〉はありがたく、〈いささかの酒呑み語呂のさわやかに師は辻神の由来を説けり〉は飲んで語る父を彷彿させる。ある男性の、村の水と自然を学ぶ「アクアの会」の集会で「あんたたち、やる気はあるのか！」と父に一喝されたという思い出は「カミナリ」健在なりと微笑がわいた。ある女性の方は、伊勢旅行の宴会のとき父が立ち上がり、朝鮮民謡「アリラン」を原語で歌ったことを書いている、若き日に朝鮮で聞いたであろう歌を父は憶えていた。

またある女性の方は、小学校六年生のとき通学路が父の教員住宅の前で、朝ときどき一緒になった。クラスの研究授業で担任の先生から「てこの原理の支点・力点・作用点の関係」の説明をさせられたが、あまり自信なく答えた。翌朝、父は通学してくるその子に「〇子ちゃん、ちょっと待って、一緒に行こう」と声をかけ「昨日はね、こう答えればよかったんだよ」と歩きながら教えられた思い出を書いていた。子供好きの父の姿が浮かぶ。

一〇代に始まる大陸生活、戦後の長野県での教員生活、引退後に定めた地での社会教育と、父は三つの時代があったが、最後の村での生活は、のびのびと自分の「宿命的課題」を果たしていったと思う。平成六年、開村一二〇年に村から文化功労を表彰され、記念に自宅の庭に石工の作った双体道祖神を据えていただいた。下半身不随、車椅子の身体障害者になっていた晩年の父は、それを日がな眺めていたようだ。

3

私は家族の変転に関心がなく、自分のことばかりに夢中になっていたが、ある頃から意識するものが出てきた。

ひとつは金物好きだ。外国やあちこちに旅行して買う土産は真鍮、鉄などの人形や文鎮が多い。土産には重いがつい手が出る。ロンドンの泥棒市で買った真鍮の猿、中国で買った小さな仏像、京都で買った恵比寿、弁天などがある。これは祖父の影響ではないか。

銀座の資生堂にグラフィックデザイナーとして入り、仕事を始め幾年か過ぎると、ある種の職人肌であると自覚するようになった。デザイン原稿の指定は細かく、会社の会議などよりも印刷所の製版担当者、職人と気が合う。必要以上によい品質を求めて粘り、細かい注文は「カミソリ」と言われたが、それに応えようとする職人の意気を私は感じ、さらに高度なものを求め自己満足にひたった。会社からは「太田は印刷所に行ったきり帰ってこない」と言われた。

そもそもグラフィックデザイン自体が、ストレートに自分を表現する芸術絵画などとは違い、注文主の依頼に応える仕事で、そこに腕を見せ、優劣も個性も出る。デザイナー仲間から、制約の多い日ごろの仕事から離れ自主制作で展覧会をやろうと何度も誘いがあったが、制約のない仕事など私は全く興味がわかなかった。難しい注文に「できない」と言いながら頭の中では算段を考え始めるのがおもしろいところじゃないかと。

また私は学校教育に打ち込む父をみて先生にはなるまいと早くから決め、父も先生になれと言った事は一度もないが、東京教育大学教育学部に入ったのは先生になるためではなくデザインを学ぶためだった。本意は東京芸大だが、そこ一本に目指していた兄は二浪して私と受験が並んだ。父は、息子二人が同じ大学の同じ専攻を受けて明暗が分かれたとして、その後の兄弟仲を心配し、私の芸大受験をゆるさなかった。兄もすまなく思ったか、同じ国立大学でデザインを学べる学校を見つけてくれた。わが家は私立大学に通える金はなかった。戦前の高等師範である東京教育大に父は、デザインで食えなかったら教員でやっていけるという気持ちもあったかもしれない。そしてその年二人とも志望校に合格した。

この父の息子二人への配慮に今の私はふかく感謝している。今だから判るが私には芸大に入る力はなかった。兄は二浪して入った念願の大学生活を謳歌し、私は自分の入った大学は不満だったが、大学が目的ではない、デザイナーになるのが目的だといつしか覚悟を定めていった。

横道にそれたが、大学を出て会社勤めのデザイナーとなり、それもやめてフリーになっていた五四歳のとき、東北芸術工科大学というところから教職の打診が来た。先生になるつもりなど全くなかった私だが、デザインの専門教育ならばできるかもしれないと受諾した。このことをいつ父に話そうかと思い、おそらく父は喜ぶだろうと考え、その年の正月、元旦の朝の膳が整い、いつものように父が「今年も健康で」と盃を上げたあと話した。そのときの八五歳の父の顔は今も憶えている。

大学は七年通った。民間会社とちがい教育の場は清潔なところと期待したが、べつの官僚主義の場でもあり、それに抵抗することは自分のやりたいことではないとしだいに感じ始めた。

しかし若い学生に向き合い私は変わった。「カミソリ」などとうぬぼれ、自分はよい仕事だけしていればいいという事と教育は全く別のもので、一人の落ちこぼれ学生も出すわけにはゆかない。さらに鍛えればその成果が表われてくる。表現作家のデザイナーとして成長するのが自分のアイデンティティーと信じていた私は、意外にも自分ではなく他人を成長させる面白さに目覚め、それまでの私の人生にはなかった「使命感」もおぼえて集中した。「カミナリ」を落とすことはあまりなく、ねばり強く時間をかけ、本人が心底納得するまでつきあった。

一、二年が過ぎて定まってきた指導法は「アーチストよりも職人に育てよう」ということだった。アートは個人表現だが、デザインは依頼を形にする仕事で職人に近い。私はあまり才能がないと思われる学生でも卒業すればなんとかデザインで飯を食っていけるようにしようと考えた。それが高い学費を払っている学生への責務だろうと。アートの才能を持つ者は作品を見ていれば判り、個別に指導すればよい。

コンペで賞を狙うのなら別だが、職業としてやってゆくには職人意識が必要だ。アー

職人に必要なものは基礎のない個性ではなく、その道ならば誰でも持たなければならない専門技術と、納品日・締切りを守るプロ意識だ。アートは自分が満足するまで

いじっていればよいが、職人の仕事は使われる日が決まっている。また職人仕事も慣れてくると個性が表われはじめ、そうなれば指名で仕事が来る。

そうして学生が実習室に残っている限り、どんな深夜までもつきあう時間無制限授業を始めた。締切りに遅れた作品は断じて受け取らず、その結果単位は出さない。授業の欠席者はほとんどいなくなった。

毎週、朝暗いうちに東京の家を出て、三時間もかけて山形の大学に通い宿舎に泊まる数年を過ごした。私はやがて何年かぶんの卒業生を送りだし、その後に彼らと出会うことを知り、父はこれこそを教育者の喜びとしたのだろうとふかく、ふかく納得したのだった。

父はもうひとつ、六〇歳のとき「父と僕」という題で興味深い文を残していた。

〈父はすばらしい職人であった。

然し父は長男である僕をも職人にはしなかった。僕は教員になり、教育の仕事を天職とした。

最近、教師のあり方をめぐって、聖職論、労働者論、或いは専門職論などが、しきりに論議されている中で、僕はよく、教師職人論を説いた。今もその考えは変わらない。

職人とは、自己の職業を天職とし、己れの仕事に、誇りと責任とをもつものである。単なる労働や時間を売るのではなく、仕事のできばえを売るのである。

今は亡き亀井勝一郎氏の自伝『わが精神の遍歴』の中に、次のような一文がある。

――最も道徳的な人間とはいかなる人間であるか。道徳的言葉を弄する人間でもなく、徳の修業を旨としている人間でもなく、善を施す人間でもない。私の考える最も道徳的な人間とは、純粋の職人なのである。その道のその徳をそなえた人だ。職人といえば今では大工や左官を思いだすが、私は特殊技能に熟達した専門家の一切を含めて考えたい。或いは一つの仕事に、二十年三十年の年季をいれて、その職域では名人達人といわれるほどの人、かゝる人物だけが、たとい善事をなさずとも、そのままで最高の道徳の具現者ではないか。彼は人事をつくして天命を待つという「死所」の所有者だからだ。死所を得たものは美しい。何の誇張もなく、在るがまゝで道の徳をそなえているから。真の道徳は、中世の職人気質のうちに生きていると思っている。――

と、僕が、教師職人論を説く所以である。

僕は、父の職業はつがなかったが、父の精神、父の気質はついできたつもりであ

る。〉

末尾に〈昭和五十年十一月　父の二十年祭に当って　太田義一〉とあるこの文は、祖父の没後二〇年の式にあたり、前出の小雑誌『たくみ』の祖父の記事「松本工人伝」のコピーに併せ、ガリ版で刷って綴じ込み、親戚などに配ったものだ。

あらためてこの文を読み、私のこころはふるえた。父はまぎれもない祖父の子であり、私もまぎれもない父の子だった。

＊

平成二二年七月三日、私は松本へ向かった。「金庫の金具」の池田三四郎氏の文の引用許諾をいただいた三四郎氏の孫・池田素民《もとたみ》さんに会い、祖父の最後の仕事を見せてもらうためだ。「金庫の金具」に写真が載る祖父作の金庫は今も現役で使われ続けていると聞き、私は自分の目で見ずにはいられなくなった。

市内中町の奥のぽかりと開いた場所に工務店飯場のような大きな家があり、中では頭にタオル巻きの若い職人が黙々と家具製作に取り組んでいる。戦後のままのような安普請の木造作業場は、プロの仕事場とはこういうものという即物感がある。脇の事務所も古い木造だ。池田三四郎氏の家は戦前は建築資材をつくる工務店だったが、柳宗悦の民芸運動への共鳴と、松本家具の伝統技術を応用した新しい西洋家具の地場産業化を意図し、「松本民芸家具」をおこした。その仕事には柳をはじめ多くの民芸指導者、工芸作家がアドバイスした。今は製作・松本民芸家具、販売・中央民芸として素民氏がその衣鉢を継ぐ。

簡単な挨拶をすませ「これです」と持ってきた手提げ金庫は想像より小振りで、横二六、縦一九、高さ一四センチ。板厚は「六分五厘ですね」と素民さんがメジャーを当てた。およそ一・八センチの厚い欅だ。天板中央にがっしりした把手がつき、背に蝶番、手前に錠前、箱の角八方は鎊金具ががっしりと囲む。金具は肉厚の真鍮で、留める鋲釘も同じだ。

「この鋲も作ったんでしょう」

素民さんによると、肉厚の金具の端を曲線に応じて強弱をつけたヤスリ仕事に「調子があり」それが吸い付くように板を一体化させている。金具の図柄は和箪笥のような伝統和風ではなく、朝鮮、またベトナムあたりの仏陀の台座に見る線だ。おそらく池田三四郎氏と親しくなった祖父が、三四郎氏の民芸の教養から教えられたものではないか。これが祖父の「遺作」である根拠は素民さんは判らないそうだが、少なくとも三四郎氏の注文を受け、新たな創作意欲をわかせた晩年の仕事であることは間違いない。

納品以来、金庫として常に事務所にあり、箱底部の真鍮は黒ずんでいるが、蓋の方はピカピカに光りかすかに摩耗もある。作品として飾られるのでなく、日々使われてきた年月の重みがこの箱をさらに重くしている。私に見せるため空にした箱の内側は、木にまだ新しさがある。

祖父は本望だろう。すでにおよそ七〇年近く手元において使い続けてくれた池田さんに私はふかく頭を下げ礼を言った。最後にもういちど蓋を開けると中から声が聞こえた。

「カズシコ」

祖父はヒとシがまぜこぜだった。その声が六〇年ぶりに私の耳によみがえった。

（『月の下のカウンター』初刊書き下ろし／二〇一〇年）

故郷

長野県の学校教師だった父は、公務員の常で県内をいくつも転任した。私のたいへん幼い記憶は、終戦間もない松本市郊外の田舎の、教員住宅にあてがわれた家の畑の豆の花だ。添え棒につるがからむ豆の花の面白い形をずっと見ていた。畑の隅に種を蒔いたイチゴの株に白い花が咲き、やがて青白い実が少しずつ赤みを加えてゆく様子や、野球ボールくらいのスイカが夏の陽を浴びて日ごとに大きくなってゆくのを頼もしげに見た。空き瓶を持ち、近所の農家にヤギの乳をもらいに行くのが私の仕事で、しぼりたての温かいヤギ乳を頬に当てた。母がわかしてくれた乳を飲み、私は育った。

信州の冬は寒さ厳しく、夜は窓に毛布を吊って外の冷気を防ぎ、部屋の真ん中に置いた豆炭こたつに親子五人が四方から足を入れて寝た。春の学校帰り、小川の溶け始めた氷をつつき割り、水に流れてゆくのを目で追った。田から立ちのぼる蒸気で遠くの景色はおぼろに霞み、のぼる月も淡く見えた。

夏は空気が澄みわたり爽快な気分がやってくる。ある夏の夕方、着物の父は私を散歩に誘い、近くの野原でごわごわした葉の赤紫の花を指し「これは、あざみという花だ」と教えた。伊藤久男の「あざみの歌」がラジオ歌謡で流れていた頃だろうか。また夕方の川原で父は月見草を教え、鮮やかな黄色は、耳で聞いただけで漢字がわかった。その後転勤した浅間温泉でやはり夏、父と乾いた道を歩いていた時「これは木槿《むくげ》、韓国の国花だ」と教えた。父は松本から朝鮮の京城師範学校に進み、かの地の日本人学校に奉職した。木槿の花が多かったのだろう。

夏休み、父は中学校の生徒を引率して美ヶ原高原に遠足を試み、小学生の私たち兄弟も連れて行った。松本市内から見てもはるか遠い山頂まで家から歩いて出て、歩いて戻ってきた。夏とはいえ秋色濃い美ヶ原で父は松虫草や虎の尾、「吾亦紅《われもこう》、自分もまた赤いということだ」と秋の花を教えた。教わった花を見ると父を思い出す。父に花の名を教わるのはよいものだと思うようになった。

小学五年のとき木曾南端の村に転任になった。信州は南北に長く松本周辺の中信と南信では気候風土がずいぶんちがった。岐阜との県境にある神坂村は、雄大な恵那山が見下ろす急峻な山村で、文豪島崎藤村の生地だった。父は「藤村研究だ」と全集をそろえた。

おんぼろの教員住宅は水道がなく、谷川から引いた筧の水溜めが唯一の水場だった。山霧の朝、水溜めに顔を洗いに行くと、向こうの藪すそに一輪の大きな白百合がすっくと咲き、甘い匂いが漂っていた。このあたりはヤマユリが多く自生していたが、百合は群生せず一輪咲く。子供心に、手の届かない気高いものがあると思ったことを憶えている。

暗い台風豪雨の日、傘を手に一人で家を出て、近くの谷川の猛烈に逆巻く急流を飽かず眺めた。秋の川の山すそは鮮やかな錦繍となり、色の違う落ち葉を集めた。

大人になってから、私は小学校で歌った文部省唱歌をよく憶え、好きであることに気づいた。「菜の花畠に入日薄れ（朧月夜）」「秋の夕日に照る山紅葉（紅葉）」「うさぎ追いしかの山（故郷）」などなど。そしてそれらは長野県出身の高野辰之の作詞であることを知った。幼な心にすんなりと入り、今なお心なぐさめる唱歌は私の故郷を歌ったものだった。

父の思い出＊

私の父・太田義一は長野県の教員で専門は国語だった。正月には中学校の生徒がわが家に来て百人一首を取った。和歌のかるたは古文に親しむのに良いと考えたのだろう。

方式は二軍に分かれて競う「源平」で、使用札は「競技用」という文字だけのものだ。五〇枚ずつ分けて両軍がにらみ合うと、詠み手の父はおもむろに「今宵よくば空札いちまい～ 君が代は千代に八千代に～」と適当な歌を詠みあげ、次いで本番に入る。人気の札が詠まれた取り合いにひとしきり歓声が上がる。数番の競技が終わると、母の心づくしの茶菓で茶話会になった。

百人一首はわが家だけでも恒例の夜の正月行事だった。初めの一番は父が詠み、母、兄、私、妹が二軍に分かれる。次に詠み手が母に替わると、父が取り手に加わった熱戦になる。普段口数すくない母は、炬燵にあたりながら朗々と声を上げて歌を詠むことを楽しんでいるようだった。父は強く、自分だけの札の配置を持ち、はね飛ばす手は素早かった。兄は酒を飲んだ面白半分、妹は得意札を絶対とられないよう、その一枚に集中していた。終盤は必ず父と私の対決になり、勝敗の決まる札は極度の緊張で、詠まれると父は「ああそれか」と身を起こし、勝ちを私に譲った。

父は山形小学校を最後に退職すると、それまでの学校を預かる重責から解かれたように「ふるさとに誇りを」の言葉のもと、村の歴史や文化遺産の調査、先人の顕彰などに取り組み「山形村史談会」を作って、晩年までガリ版手書きの会報「郷土」を一人で発行し続けた。亡くなって十六年になるが史談会はその後も続き、昨年暮れには『やまがた村の道祖神』を出版した。道祖神の宝庫・山形村の名品をすべてカラー写真で撮影して解説をほどこした立派な一冊だ。暮れに帰省してその本を知り、早速持ち帰って、わが家の父の写真の前に置いた。

＊

山形市にある東北芸術工科大学でデザインを教えていた時のゼミ学生たちとは、卒業後も、飲み会やキャンプ、芋煮会などを続けている。昨年、太田先生の故郷・松本に修学旅行したいと話が出た。卒業後十数年、みな立派な社会人で仕事を休めるのは土日のみ。わが青春の町を好きになってほしいと綿密なカリキュラムを作った。

朝はやい東京から集合場所の松本城大手門に集まったのは総勢七名。眼前の城に歓声があがる。

「築城時と同じ完全木造で別名・烏城。合戦のなかった治世のための町の平城で、水壕で囲んだ四方から全景が見える市民目線が特徴。国宝じゃ」とさっそく先生口調がはじまる。

そこから新国宝となった旧開智学校へ。

「貧乏県長野は教育を大事にした」と話す建物もだが、展示された昔の生徒の絵に「こういう素朴な絵心を忘れてはいけないな」と言う一人の感想に皆がうなずく。

夜はまかせろと馴染みの居酒屋に案内。名物山賊焼や鹿肉のたたき、山形村の採れたてアスパラに歓声が。二次会は信州地ビールのパブへ。

翌日は、ここはぜひ連れてゆきたかった山辺の松本民芸館へ。

「松本は柳宗悦の薫陶で民芸が盛んになり、地元の丸山太郎は日本、朝鮮など世界の民芸を収集した」と解説。陶芸や織物、工芸などに並ぶ数々の和箪笥に「ぼくの実家は代々箪笥金具の金工職人で、こういうものを作っていた」の話を聞いてくれる。

市内に戻った昼食で、冗談にレポート提出を言うと「え〜!」と非難の声が上がってやめたが、デザインを学んだ学生だけあって見るものへの眼が鋭く「修学旅行」になったなと思った。

長野県教員をしていた私の父が「現役の時は生徒への責任感でいっぱいだが、卒業してから教え子が訪ねてくれるのが最大の楽しみだ」と言っていたのがよくわかる。人間的な触れ合いを一生続けるのが教育と父は教えてくれたのだ。

――この二編は二〇一八年、二〇一九年、私の故郷・松本のタブロイド版生活紙「市民タイムズ」正月号に新春随想として頼まれたもの。年ごとに強くなる故郷を想う気持ちは、育ててくれた両親を想う気持ちだった。

憧れの峰に立つ

ヘッドランプを消すと月明かりになった。早朝五時半。月は上弦で目が慣れると地面に落ちた自分の影が見える。車で入れる道はここまで、あとは谷あいの間道を登ってゆく。大きくV字に切れた正面の間に北斗七星がくっきり浮かび、そこに向かって歩いていく格好になった。恵那山は岐阜と長野の県境にあり、岐阜側のこの黒井沢から野熊ノ池を経て、頂上まで四時間の行程。歩くのは私と友人の二人だけだ。

左に絶えず川音を聞きながら月明かりの山道を進むと、子供の頃の記憶がよみがえってきた。田舎はもちろん多少町場であってもその頃はどこも夜は暗く、風呂の帰りなど父の影を見て、月とはかくも明かるいものかといつも思っていた。

六時。あたりは次第に白みはじめ地面の影も消えた。一一月末にして山肌は、掌を幾つも下方へ重ねたような緑濃い熊笹にびっしりとおおわれ、その中から巨木がつきぬけて立っている。恵那山は中央アルプス最南端の独立峰で植生の北限と南限が入りまじり、あまり人も入らぬため原生林と熊笹が豊かな保水力をもち麓の村をうるおしている。道にはいつも湿り気があり、浄化された空気がひんやりと肌にあたる。渓流を渡るとき山頂から流れてくる水をすくい飲み、水筒につめ再び歩きはじめた。入山口まで乗ったタクシー運転手の話では一週間前に初雪があり、昨日も降ったという。その雪が次第に増え、雪面に靴跡が見える。入山者があったのか。

原始を思わす大樹が黒々とそびえ、また倒れているものもあり、その下を背をかがめてくぐる。岩肌には水が細くしみ出し、夜明け前の白い光に山の冷気が漂う。七時。光が少し赤くなり日の出の気配となった。森の切れたところで立ち止まると南アルプス連峰の南端が青くシルエットになり、太陽の出るあたりが明かるい。二時間歩いて野熊ノ池避難小屋に着いた。この山を愛する中津川勤労者山岳会が建てたもので、テラスと二坪の精密なログハウスが安心感を与える。靴を脱ぎ中に入り朝食にした。とても寒い。室内の温度計で三度Cだ。

片隅の棚には袋に入った非常用の米のほかに電池、ロウソク、救急箱。他に同人誌らしい『山の文芸誌ベルク』数冊とノートがある。北九州から来た五七歳、五五歳の夫婦は〈1988・11・23 大雪のため断念して、1993・10・25 二度目の挑戦。紅葉美しく風さわやか〉と記している。また〈平成6・6・25 昨日主人の誕生日

（56歳）。これを記念に恵那山初登山、すてきな山。名古屋より〉。またもう一つ〈日本百名山に登れ満足、きれいな小屋に感謝、幸せこの上ない〉――とある。

私は長野県学校教員の父について小学校五年から中学一年までをこの山の北西側（長野県木曾）の村、神坂村（現・岐阜県中津川市）ですごした。恵那山の北側は大きく下がりその底に山を水源とする湯舟沢川が流れ、その対岸からまた次第に小高くなり馬籠峠に至る。その中腹に神坂小・中学校があり、教室の窓、校庭からは常にこの巨大な山の悠然とした全貌が見てとれた。

春には山腹に必ず雪どけの滝があらわれ、白い辛夷《こぶし》の花の咲くのがはっきり判った。授業中も休みの日も、ひとつの山をこれほど眺め、心を寄せたことはない。あの遠くの大きな山に自分が立つことがあるのだろうか。その時はあの左側の稜線を行くのかとよく考えた。

当時、交通もままならぬ山奥の神坂村は文豪島崎藤村の生地であることを誇りにしていた。大作『夜明け前』にも恵那山の描写がある。父の在職中に中学校は創立一〇周年で校歌を作ることになり、詞は村内から公募、選者は藤村の生地・馬籠を愛していた亀井勝一郎、伊藤信吉、会田綱雄の三氏が引き受けてくれることになった。ところが応募が少なく、これではと国語担任で詩を書いていた父も締切り間際に二編を作り、一つは自分、一つは母の名で応募し、母の名の方が当選した。その一番には、

澄みわたる南木曾の空に
恵那の山高くそびえて
花の木の若葉かたどり……

と恵那山が歌いこまれた。

一〇～一二歳の少年期をすごしたこの山奥の村はもっとも印象に強く、原体験となり、いちばん深く愛している。その日々はいつも恵那山に見下ろされ抱かれ、また仰ぎ見る日だった。

九時一五分、避難小屋を出るとあたりはすっかり朝となり「ピー…グルル…」と鳥の鳴き声がはじまっている。次第に雪が増え、霜柱で表面が凍った道をザクザクと踏む感触がいい。木々には樹氷が白い花を咲かせ緑の熊笹によく映える。そのうち熊笹と細いカラ松だけになり、それもいつしかなくなり岩が露出しはじめ高山の様相となって展望がひろがった。

左に北へのびる中央アルプスの峰々。御嶽山はちょうど木の陰あたりか。はるかに

雪を冠る八ガ岳をはさみ、正面は朝もやの伊那谷を下に、荒川、赤石、聖の雄大な南アルプス連山、その向こうに富士山がのぞめる。

山頂まであと四〇〇メートル。再び原生林となり最後の水場に出た。誰が工夫したのか小さな筧《かけい》が細い流れを導いている。カップに汲み口に含むととてもおいしく、下の水よりもいい。水筒の水を入れ替えた。

九時四五分、山頂小屋に着いた。ここは大きく二〇人は泊まれるという。小屋裏の大岩が最高ピークの二一九一メートルで、そこに腰をおろした。汲んできた水を沸かしいれたココアが腹にしみわたる。

北はるか下方に熊笹の続く富士見台高原、そのすぐ手前が神坂峠で、これからそこまで縦走する。富士見台は父と学校キャンプをしたところだ。飯盒で米を炊きカレーを食べた。その時から熊笹の高原は私のいちばん心やすまる山の風景となった。

大岩に荷物を置き、山頂小屋南東に数分の台形状のピーク、一等三角点のある恵那神社に詣でた。祭神の伊邪那岐命（イザナギノミコト）と伊邪那美命（イザナミノミコト）の子である天照皇大御神（アマテラスオオミカミ）の胞衣（えな・胎盤等の総称）を頂上に納めたことから恵那山の名がついたという。日本書紀には七〇二年、日本武尊（ヤマトタケル）が神坂峠を越え伊那谷へ下ったと記されている。

午前一〇時半、下山開始。恵那山は頂上まで樹があり、岩と根のからまる急坂の樹林帯の細道は一歩の段差が大きく結構大変だ。巨木の陰で腰をおろすところもなく、一気に下がるがそろそろ腰がぐらついてきた。我々のコースと逆の神坂峠から鳥越峠経由で登るルートは水場もない急登で相当きびしい。ずいぶん下ったところで、男二人、女六人の中年パーティーがあえぎあえぎ登ってくるのに出会う。背中の大荷物は一泊山行らしくシャツの胸をはだけ、首にはタオル。かなり疲れている様子だ。「どこか休める広いところはありませんか」と訊ねられ「結構、続きますよ」の返事が心苦しい。この時間(正后)でまだこのあたりでは頂上では暗くなるだろう。

大判山を過ぎると左側が大きく崩れている稜線に出た。ここは下から眺めた恵那山を特徴づけている土の露出したところだろうか。落ちないようしっかりと木にしがみつき下方を眺めた。

晩秋の濃厚な紅葉に午後の光が満々とふりそそぎ燃えあがるようだ。私はふもとの小学校を、住んでいた家のあたりを、思い出深い馬籠の集落を熱心に目で探した。幼い頃見上げていた場所からそこを見下ろしてみる。これを私はしたかったのだ。あれからおよそ四〇年、その時がきた。

そこからも下りは長かった。もうすぐ終わりと思ってもまだ先があり、幾つもの小ピークを越えてもなかなか終点にたどりつかない。子供の頃見上げて、あそこから登るのかなあと思っていた稜線を今、逆に下っているのである。

鳥越峠を越えてようやく神坂峠に着くと時計は午後二時二〇分を指していた。恵那山は下から見るとおり大きな山だった。

麓で友人と別れ一人で昔の学校を訪ねた。よくそこに座り遠くの景色を眺めていた裏山の大岩がそのままある。その先のかつて住んでいた家はもうなくなり、上が中央高速道の休憩所になっていた。

水遊びをした谷川を渡り少し登って馬籠に着いた。ここは妻籠と並び旧中仙道の景観保存がなされ、今は多くの観光客でにぎわっている。民宿に宿をとり、山支度をといて小さな檜風呂に入った。

下駄を借り宿の裏にまわると、眼前には夕映えの恵那山がどっしりとすばらしい。幼い日に見たその姿は全く変わっていない。

「あの山に登ってきたよ」私は小さく自分にそう言った。

（『別冊山と渓谷　ヤマケイＪＯＹ』一九九五年）

還暦の贈りもの

三年前六〇歳を迎え、還暦ということになったが、周りも家人も気がついたのかそうでないのか、何事もなく過ぎた。節目なのになんとなくつまらなく、それでは「自分で自分にご褒美」と考え、レコードを聴くことにした。

若い頃から音楽好きで、なけなしの給料をはたき、一枚また一枚と増えていったLPは四〇歳の頃におよそ八〇〇枚になっていた。それを聴くステレオも、無理して割合よいものを備えていたが故障してしまい、同時に時代はレコードからCDに代わり、新たにステレオを買い替えるのはナンセンスになった。イヤホンで聴く簡便なCDプレーヤーは買ったが、あまり身を入れて聴かなくなった。耳の中でカシャカシャではなく、音楽を部屋に解き放って聴きたい。

そうして迎えた六〇歳。死蔵していたレコードを再生させようと思い立ったのだ。おりよくオーディオ専門家と知りあい、全く機械音痴の私は彼にオーディオ装置一式を揃えてくれと頼んだ。予算を訊かれ「二〇万円」と答えると「ちょっと足りないが、まあやってみる」となった。試聴用に使った機器や、古い型でも良いものなどを案配してくれたらしく、ある日取り付けに来てくれた一式を「実質、三〇万」と言った。ありがたいことだ。メインは、君にはこれがいいだろうと決めた真空管アンプだ。

配線、調整が済み「さあ、何かかけてみろ」と言われ、そこにあるレコードに手を出すと「ちょっと待て」となった。初めての装置で聴く最初のレコードはたった一度だけの体験、何をかけるかよく考えろと言う。なるほどそういうものか。私は考え、大好きなベートーベンの交響曲六番「田園」の名演奏、指揮ヘルベルト・ブロムシュテット／演奏シュターツカペレ・ドレスデン、を選んだ。

さりげない序奏から始まるピアニシモは、やがてフォルテシモになり、真空管アンプの柔らかな音色に、耳慣れた曲がみずみずしくよみがえる。

以来、仕事が夜型の私は一日を終えると針をおとすのが習慣になった。とてもよい還暦の贈りものだった。

（『大法輪』二〇〇九年）

三つの転機

時々、出生地を聞かれて答えると「ほう」という顔をされる。

私は昭和二一年に北京で生まれた。日本は戦争に敗れ、日本人は北京の日本人収容所へ集められ、引揚船で故国へ帰る日を待つことになった。その収容所で私は生まれ、一八日後、二歳の兄をふくむ親子四人は出港する天津へ出発した。持物は手に持てる範囲に制限され、私のおしめが大部分を占めてしまった。収容所の人たちは「生まれたばかりのこの子は、日本までもたないだろう」と話した。母は私を抱き続け、私は命ながらえ故国の土を踏んだ。

戦後外地の大混乱の中、私にも残留孤児の可能性がなかったとはいえない。思えば最初の人生の転機はこの時だった。

長野県の高校を卒業して東京の大学へ入った。高校時代は楽しかったが大学にはなじめず、別の大学を受験しなおそうかとばかり考えて、あまり学校へは行かなかった。

専攻科のクラスはわずか七人なのに、秋が来ても私は「あいつ誰？」と言われていた。

将来はグラフィックデザイナーになろうと思いそのために選んだ大学だったけれど、他美大の大学祭へ行き、展示された作品のレベルの高さを見て非常に不安になった。学校の授業はあてにできず、このままではたしてその道へ進めるのか全く自信が持てない。受験勉強中はどこかに入れるだろうかと不安があり、合格してみると、今度はこのままここにいてよいのだろうかという不安が私を包み、暗い気持ちになった。

授業も怠け癖がつくとずるずる行かなくなる。一人暮らしの唯一の財産であるFMラジオでクラシックばかり聴いていた。単位取得の試験に遅刻し駆けつけたが、一度も授業に出ていないので教授の名を思い出せず、どこの教室に入ってよいのかわからないまま廊下に立ちつくし、汗びっしょりで目が覚めるという夢を今でも繰返し見る。

学校に失望した自分が何かを吸収したい意欲をぶつけたのは、一言でいえば東京の町そのものだった。映画館は名画座もアートシアターもあるし、おりしも新宿アングラ文化の勃興期で唐十郎をはじめとする演劇や、草月文化会館、紀伊國屋ホール、はたまた街頭でも刺激は山のようにあり、東京でおきている前衛文化が私の学校だった。

孤独な大学生活も終わり、化粧品の資生堂に入社した。二か月の研修を終え、銀座本社の宣伝部へ行き、広いデザイナー机を与えられ「これが君の製図器、定規、Zライト、羽根箒……」と貧乏美術学生には目もくらむようなピカピカの新品を渡された時「ようやく自分は望んだ場所にいる」と思い「ここでがんばれなければ自分は本当にダメな奴。その時は潔く故郷へ帰ろう」と固く決心した。正に発奮の転機である。

それからは大学時代の鬱屈をふりはらうように一切、他のことに興味をもたずデザインに熱中した。会社は毎晩最後までいて、先輩デザイナーが帰ると机の上をじっくり見て仕事を盗んだ。デザインとは学校で仮の課題に答を出しても殆ど意味はなく、現実に企業の注文や予算、制約、締切りがあり、その上で用と美を追求してこそめきめきと力がつく。趣味で描く絵と、多くの人に必ず気に入られ、かつ専門家の評価も得られねばならぬ絵の迫力の違いである。大切なのは色や形ばかりではなく、幅広い社会観や文化的教養であることも次第にわかってきた。自分のデザインしたものが印刷物や広告となり世の中へどんどん出ていくのに興奮し、給料まで貰えるとは何と有難いことかと思った。

その会社も二〇年勤めて辞めた。憧れて入った宣伝部ももちろん組織の一部で会社のために働かねばならない。意味のない会議にただじっと座っている一時間がとてつもない損失に感じはじめ、会社や上役のためではなく、自分は自分のために時間やエネルギーを使わなければという焦りが消えなくなった。

ある停滞気味の製品を担当し、作ったCMには自信もあり売上げも上向いてきた時、会議で上司が「この製品は元々宣伝しなくたって売れるんだよ」と発言した。自分で自分の仕事を否定したらおしまいである。私は長い反論を展開し、その時「これでこの会社ともオサラバだな」とチラリと思った。

フリーになり小さな事務所を持ち、大きな机を据えた日は忘れない。今度は自分で買った机、そこで何をしようと自由だ。私は自分の椅子に座り両手を高くあげ、思いきり背のびをした。これは自分で決めた転機だった。

（『タウン情報全国ネットワーク』一九九五年）

就職試験

大学四年になり就職の春を迎えた。グラフィックデザイナーになるために勉強してきたから、いよいよここでその職を得ねばならない。私は洋酒のトップメーカー・サントリーか、化粧品の資生堂をめざした。どちらも巧みな宣伝に定評があり、サントリー宣伝部は芥川賞／直木賞作家を輩出して話題をよび、東京銀座の資生堂は芸術性の高い表現の伝統をもっていた。

どちらも一般職とは別の宣伝部採用試験で、合格すればデザイナー職に就ける。幸いその年は二社とも〝若干名〟の募集があった。

資生堂は、書類・作品審査→筆記試験→宣伝部面接→課題提出→役員面接と一か月以上にわたり五回も試験があった。サントリーと試験日が重なるのを恐れたがそこはうまくゆき、資生堂の課題制作の間をぬい、一次試験は通過したサントリーの二次と面接のため大阪本社へ行くことになった。

汚い格好が当たり前の美術学生も入社試験となれば社会人らしい服装をしなければならない。安物背広上下に新品の白ワイシャツ、一本しかないネクタイを締め、生まれてはじめて新幹線に乗り大阪に向かった。

二、三〇人いたと思うが一室に集められ、人事部の人から今日の予定、合否の通知方法、採用になれば大阪本社勤務と説明があった。それまでどこの地に勤めるかは考えてもみなかったから、合格すれば大阪に住むのかとはじめて思った。

話がすすむと、すぐ封筒に入った宿泊交通費と若干の日当が配られた。こちらが勝手に志願したのにそういうものが出る。やっぱり社会人はちがう。一人前に扱われた気持ちとともに、不合格でも文句なしですよと、ヒヤリとするような現実性も感じる。

午前中に筆記試験が終わり、昼食後にはもう結果が発表され、不合格の人はその場でお土産をもらって帰される。てきぱきした進行は社会のキビしさそのものだ。

何名かが残り、一人ずつ役員面接になって私の番がきた。面接室には役員を中に人事部・宣伝部がずらりと並ぶ。中央に座らされて見た正面は、学生でも知っている著名な文化人オーナー社長・佐治敬三氏だ。

応募の動機や家族など一般的な質問のあと「後ろに貼ってある広告を見て、思うところを述べてください」と言われた。振り返ると赤玉ハニーワインの車内吊り広告で、モデルは吉永小百合だ。こういう質問をされるとは思わなかった。——さて。

咄嗟に考えたのは、良いと言うばかりでは自分の入社する理由がない。といって全面否定では当社に合わないと思われるかもしれない。ここはやはり持ち上げつつ、個性的な鋭い批評をするのが常道だろう。少し考えて口を開いた。

「モデルは大変よい。しかし……」

最後にそれまでずっと黙っていた佐治社長が私の顔を見て質問した。

「他に、どこの会社を受験していますか」

一瞬「他にはありません」と答えようかと思ったが、どこかの段階で他社も受けていることが知られると都合が悪くなるかもしれない、ここは正直にゆこうと決めた。

「資生堂です」

「……そちらに合格したらどうします」

「その時、考えるつもりです」

「はい、結構です」

面接はそこで終わった。

——バカである。他社を言うのも余計な上に、なぜ「もちろん、サントリーに入社させていただければ資生堂は辞退します」と言えんのだ。

数日後、通知が来た。

「誠に残念ながら……」末尾に今回は合格者がいなかった旨が添書されていた。もちろん面接だけで失敗したのではないだろうが仕方がない。のん気に二戦二勝ならどっちに、一勝一敗なら自動的、二敗したら……と役にも立たぬ星勘定をしていたが、ともかく一敗となった。

資生堂の試験はまだ続いていて、課題作品も通り、いよいよ最後の役員面接となった。これを突破すれば合格だ。再び同じ背広にワイシャツで、その日がきた。

今から思えばサントリーは細かな試験よりも社長みずから人物を見る、資生堂は常識や技術を慎重に検分してゆく感じで、それは酒（男）と化粧品（女）という社風の違いのようでもあった。

役員室での面接は一〇分もかからずあっけなく終わり、その後、宣伝部にいる大学先輩に終了の挨拶にゆくと喫茶店に誘われ「まぁ大丈夫だろう」と嬉しい感触を得た。

合否は、その日電報で報らされることになっていた。

「太田さん、電報ですよ」大家さんから受け取り、部屋に持ちかえって封を開けた。

「誠に残念ながら……」

――くそー。目の前が暗くなりうなだれた。二戦二敗か。

が、いつまでもそうしていられず、心配してもらった先輩に結果を報らせなければと立上がり、公衆電話に十円玉をおとし、会社に電話した。

「このたびはお世話になりました。残念ながら……」

「え、ちょ、ちょっと待ってよ。オレは人事部から合格と聞いたよ。まだ人に言うな、すぐ聞いてくるから」

先輩の確かめでなんとそれは誤電で、私は合格しているのがすぐ判った。

「絶対大丈夫、いずれ人事部から手紙がいくから」

翌日、速達が届いた。

「拝啓、貴下ますますご清祥の……、このたびは当社を受験いただき……、当方の不手際で誤ったご通知を……誠に申訳なく……、ぜひご入社いただきたく×日までに……」

——フッフーンだね。鬼の首とはこれだ。「ご入社いただきたく」が気に入った。

そんなに言うのなら入社してやるか。

とはもちろん思わず、じわじわと嬉しさがこみあげてきた。敗者復活戦勝利だ。実際ふてくされて放っておけばそのままになってしまったのかもしれない。合格者は私一人だった。

よーし、花の銀座のデザイナーだ。私は手紙を持った右手をあげ、大きく背のびをした。

（『タウン情報全国ネットワーク』）

中国へ出生地をたずねて

一九八九（平成元）年、八泊九日で父母と中国へ旅行した。父母は外地で知り合い、北京で結婚して兄と私が生まれた。敗戦後船で引揚げ、父の出身地長野県に落ちついてからは妹も生まれ、三人の子を育てるのに精いっぱいで中国再訪など思いもよらなかった。

それがある人のお世話で機会を得て、父母・兄・私・その方の五人旅が実現した。七泊八日、東京↓北京↓済南↓北京↓上海↓東京というスケジュール。父母は初めての外国旅行だ。

北京のホテルに入り、翌日万里の長城などを見て、次の日汽車で北京の南五時間ほどの済南に向かった。済南は父が学校の教師をし、結婚して新居をもった町である。この旅は、父母には四〇年ぶりの再訪であり、兄と私には自分の生まれた地を見るという目的があった。そこへ導くことのできるのは父母以外、誰もいない。これを果たすのは念願だった。

　飛行機よりも、中国の広い大陸を走る汽車を父母はことのほか喜んだ。日本に較べればオンボロ列車であっても、戦後すぐの復員兵を満載したものすごい列車にもまれた両親であれば、かえって懐かしくまた落ちつくようにもみえる。そしてこれは結婚した両親が新居へ向かった列車でもあった。

「こんなに木があったかねえ」

「植えたんだよ。中国人は昔から木を植えてきたんだ」

　母の言葉に父が答える。兄はときおり販売にくるボーイをつかまえては「麦酒《ピイチユー》」とビールを注文してご機嫌だ。緑色の瓶に入った中国麦酒は生ぬるいけれど、酒を飲めるだけで有難い。

　済南駅は北九州市門司港駅に似た、戦前のものと思えるネオルネサンス様式の建物だった。父母はこの駅に降りた時から記憶が鮮明によみがえってきたようだ。その日はホテルで休み、翌日市内を歩きに出た。

「戦災にあわなかったんだなあ、昔のままだよ」

　両親は懐かしそうだ。身ひとつで命からがら引揚げてきたのだから、その後済南の町がどうなったのかをむろん父母は知るよしもなかった。来る前、私は父に「中国語できるの」と聞き「もう全然わからん」と言っていたが、次第に思い出したらしく警官に道を尋ね、なにか笑いあって話し込んでいる。そのうち鉄柵に囲まれた大きな建物につきあたり、母が声をあげた。

「ここよ、行彦（兄）を産んだのは。院長は日本人で、この鉄門からおしめもって一人で入ったのよ」

閉じた装飾鉄門の奥は車寄せのある立派な西洋建築だ。母に憶えがあるからもちろん戦前のままなのだろう。

「ここでオレは生まれたのか」

兄が感慨深げに言った。

「お前、何か憶えているか」

「……いやー、ないなあ」

「あるわけないわよ、こーんな小さくて」

母が赤子を抱く仕草をし、私は突然、父母兄に立ち入れないものを感じた。その時私はもちろん生まれていないからこの会話には加われない。自分の前に親子三人の時代があったのだとはじめて気づき、私は口をつぐみ、少し離れて立っていた。

古いまま残っていた済南の町歩きは楽しく、昔父母が下宿していた家を探したり

（場所は大体わかったが家はなかった）、父の奉職していた学校が今も続いていて、休日だったので父は職員室を訪ね当直の先生に挨拶して長く話し込み、我々は外の校庭で時間をつぶした。父母は旅の目的を満たしたようだった。兄は自分の生地を知った。次は私だ。

翌日飛行機で北京に帰り、中国人ガイドCさんの案内で北京西北の萬壽山に向かった。

萬壽山は、中国明代（一五世紀ごろ）より清の女帝・西太后の夏の離宮まで、絶えず造営の続けられた中国最大の皇室庭園「頤和園《いわえん》」の主要部をなす高さ六〇メートルほどの山だ。西太后は海軍経費を流用し大工事を進めたため清国海軍は財源が枯渇し、新興日本との日清戦争に敗れたという。一九二四年、最後の皇帝・溥儀のとき私的財産を離れ、第二次大戦中は中国兵舎が置かれ、終戦後日本人の収容所となった。私はそこで生まれた。

戦争末期の昭和二〇年六月、父は召集をうけ家族は別れたまま八月の終戦を迎えた。母は済南の家をたたみ、二歳の兄を連れ身重の体を北京の叔父宅に寄せたが、祖国帰還は収容所の入所順と知り、腹に子のある母を案じた叔父はすぐにトラックで入所させ、第一次乗船の資格をとらせた。しかし所内にいた北海道出身の産婆の方に危ぶまれ、私を産み終えてから船に乗ることになった。

北京に二つできた日本人収容所の一つ、西苑《シーエン》収容所は一万人の人であふれ、二歳の子を連れたうえに身重の母は心細かったと思う。

そのまま年を越すことになり、新年を目前にした大晦日の一二月三一日、母が「太田さん、面会です」と呼ばれて二階雑居室から下りると、階段踊り場に入営以降音信不通になっていた父が立っていた。父は除隊後、いったん勤務籍のあった済南に帰ったが、家族の後をもとめ、見当をつけて北京の叔父を訪ねてここに来た。父は母の腹を見て、はじめて私が生まれるのを知った。

「この辺かなあ」

マイクロバスから外を見る父はおよそ見当がつかないようだ。もとより収容所が残っているはずもなく、戦後生まれのCさんはそういうものがあった事も知らない。

私は窓をあけ、食い入るように団地の続く風景を見続けた。大収容所の生活は外に出ることなどなかったろうし、またその風景も一変しているに違いない。なす術もなく、私の生地は特定できなかった。

マイクロバスを降り、萬壽山公園の入口に立った。松の大木と大きな石碑は日本にもよくある眺めで、どこかで見たような気もする。

「父さん母さんは、ここに来たことあるの？　例えばオレを連れて日本に帰る時とか」

「……さあ、憶えとらんな」

それでも私はこの眺めを記憶しておこうと、しばらく立ちどまっていた。

（『タウン情報全国ネットワーク』）

下北沢の家

東京の大学に合格し、長野県松本から上京したのは一八歳になったばかりの春だった。

はじめは板橋の兄の下宿においてもらい、しばらくして一人暮らしをはじめた。下北沢の南口商店街を抜け、住宅街の始まるあたりの郵便局の向かい、化粧品店奥の一軒家である。

といっても家並みの谷間にぽつりと立つ物置を改造した木造小屋で、戸を開けるとすぐ目の前は水道と流し、右に便所、左に二畳。総建坪二坪半の極小だが、一人前に専用路地と玄関を持つこの一戸建てを私は大いに気に入った。

デザインの勉強のための画材とフトンの他は何もなく、二畳突き当たりの一段高い寝台、下は物入れの上にフトンを敷くとすぐに引越しは終わり、しばらく考え実習用のケント紙で表札を作り、玄関に画鋲で留めた。

「太田和彦」

自分の名の表札を出すのは初めてだ。小さいながらも一国一城の主。悦に入り腕を組み、しばらくそれを眺めていた。

鍵を閉め商店街へ買物に出た。ラッキーにもすぐ先は銭湯だ。自炊せねばならず荒物屋に入り小さなガス台と片手鍋、ザルを買った。電気釜は兄から貰ってきた。

子供の頃から早く一人暮らしをしたくてたまらなかったので、下北沢の日々は楽しかった。この町には活気があり、駅北口には終戦直後の昭和二〇年九月から始まったという闇市マーケットがそのまま残っていて、裸電球の下に鮮魚や野菜の食料品がズラリと並び、おでん種や銘茶、輸入雑貨化粧品などを売る小さな店が迷路のように続き私を楽しませた。一番奥にあるサイキ画荘ではよくクロッキー帳や絵具を買った。

学校が終わるとすぐ下宿へ帰ってきた。下北沢駅は小田急線と井の頭線が斜めに交わる複雑な形で、線路をまたぐ南口、北口の通路はいつも人であふれている。南口の階段を降り、右の小田急ストアで、くずハムこま切れを買い（五〇円）、途中の八百屋でもやし一掴み（一〇円）、最後に豆腐屋で豆腐一丁と納豆（計三五円）を買って、計九五円が毎夕食の値段だ。これで作るくずハムもやし炒めに、豆腐の味噌汁、納豆とゴハンが毎日変わることのないメニュー、電気釜から炊きたてゴハンの匂いがしてくると幸福だった。

殺風景な部屋はまず、虎がこちらへ飛びかかってくる絵の「サルバドール・ダリ展」の大きなポスターで飾られ、それに飽きるとノートルダム寺院を写したパリの観光ポスターに変わり、そのうちミケランジェロ・アントニオーニ監督の映画『情事』のポスターになった。

夕食がすむとすぐうたた寝をしてしまい、そのまま朝まで眠ってはいけないと、夜遅く、終電車の去った駅へ入りポスターを集めた。駅貼りの画鋲は頑丈な特別製で指では取れず、専用のスプーンを使いテコの原理で外した。

毎日金がなく、新宿や池袋の名画座に入り映画を見れば手元に幾らも残らず、親からの仕送りの届く頃になると向かいの郵便局へ顔を出し、自分宛の書留はないかと尋ねた。本を買ったり遊びに出たりはできず、新刊本は学校帰りに新宿紀伊國屋で立ち読みし、古いものは一日中大学図書館で読み、近くの貸本屋の世話にもなった。

週に二日、家庭教師のアルバイトをした。下宿からその家へ歩いてゆく坂道途中の「平田」と表札のある瀟洒なお宅は女優・久我美子（御主人は俳優・平田昭彦氏）邸で、一度はお見かけすることもあるかと思ったが望みはかなわなかった。

たまに友達が来て畳二畳に宴を張ったが、たちまち酒はなくなり、一二時をすぎると駅近くの居酒屋の裏からそっとビールを運び、空になった瓶はドロボーの良心と、元の場所へ返しに行った。この頃は疲れるということがなく徹夜のまま学校へ出かけた。

今は演劇の町となった下北沢は、三〇年前も売れないゲージツ家のたむろする雰囲気があった。どうしてそうなったのか忘れたが、当時アメリカのアンダーグラウンド芸術の紹介者であった評論家・金坂健二氏にスナックバーで話しかけられ、酒を飲ませてもらったこともある。

ある、しんとした夜、鬱屈した気持ちを抱えていると隣りの大家さんの家からきれいな尺八の音が聞こえてきた。はじめは横笛かと思ったほどの美しい音色は心にしみ入り、微動だにせず耳を傾けた。それから夜になると耳を澄ますようになったが、大家さんとは月一度家賃を渡すほかにつき合いはなく、どなただったのだろう。

朝、フトンの中で目を覚ますと枕元のラジオをつけクラシック音楽を聴いた。あの頃は常に「自分はこれでよいのだろうか」という焦燥感が心の底にあり、目覚めてまずそれを思うのはつらく、目に入る小窓の外のいちじくの葉をいつまでも眺めていた。

大学を終え就職も決まり、千葉県にある社員寮へ入ることにし、この下宿を出る日がきた。荷物をまとめ、最後に表札の紙を取ると、四隅に画鋲のあとが白く残り、何となく捨て難くポケットに入れたがすぐにどこかへいってしまった。社員寮はとてもつまらなく数ヵ月で飛び出し、あのままあの一軒家に残っていればよかったと思っている。

今でも私は下北沢をわが町と思い、時々訪ねてゆく。芝居を見るときは南口駅前の代一元か珉亭でラーメンを食べてから劇場へ入る。時々南口商店街を下り、かつての「我が家」を確認し、誰か住んでいると安心してきたが、二年ほど前ついになくなり更地になっていた。

私はある同じ夢を繰返し何度もみる。それは、今住んでいる所とは別に、まだこっそり下北沢の家を借りていて、そこには着替えや食器があり、時々訪ねて風を入れたり一晩泊まる夢だ。覚める頃に、ああ久しぶりに思い出した、今日あたりちょっと行ってこようと思っていると本当に目が覚める。

あれから三〇年たったが、一軒家に住んだのも表札を出したのもあの時だけだ。私は下北沢のあの家に帰りたい。

（『タウン情報全国ネットワーク』）

あとがき　父と居酒屋

本業とはべつに居酒屋や旅の本を書くようになった。好きな居酒屋のことを書くのだから趣味と実益かもしれないが、仕事として依頼され、原稿を書くとなれば責任もあり、毎回苦労している。

数年前死んだ父は、私の本をよく読んでくれていた。父は戦前、中国の日本人学校の教師となり、戦後は故郷の長野県で小中学校の教壇に立った。今はどうか知らないが、そのころ長野県は教育県と言われ、学校は大切にされ、教師は尊敬されていた。

小学校校長を最後に退職してだいぶ後年のある日、父に「自分から居酒屋に入ったことはあるか」と尋ねてみた。父はしばらく考え「二度ある」と言った。一度は戦前、中国・済南で兄が第一子として生まれた日。嬉しくて居酒屋に入り祝杯をあげた。

もう一つは退職の日。最後の職員会議を終え、父は有志を居酒屋に招くつもりでいたが、逆に招かれて居酒屋に入った。その二回だと。

子を預かる教師たるもの、居酒屋で酒に酔う姿など見せてはならないという倫理観があった時代だ。しかし父は酒は好きで、人好きでもあり、地元の方などに呼ばれた酒席には顔を出し、気さくな面を見せるようにしていた。また若手の先生を家に招き、母の手料理で酒を飲ませ、聞こえてくる愉快そうな笑い声は子供の私にもなんとなく楽しく、酒はいいものだと思う下地になったかもしれない。

私の居酒屋本を読んでいてくれ、今は一線を引いた身でもあり、私の気に入りの東京の居酒屋に連れ出し、父子で一杯やりたい、それを父の思い出にしてもらいたいと思うようになった。ところが、そのうちにと構えている間に、突然の体の不調で車椅子の身体障害者になってしまった。酒は少しは飲めるものの、もはや外出はできなくなった。そして一生を終えた。このことは私の生涯の悔いとなった。

平成二二年九月仲秋　太田和彦

文庫版あとがき

この一冊は平成二二年、本の雑誌社より刊行された「月の下のカウンター」に新たな原稿を加えて文庫にしたものだ。

本の雑誌社とのつき合いは古く、私がまだ資生堂のデザイナーだったとき、椎名誠さんから「本の雑誌」月刊化にともなう表紙リニューアルを頼まれたのがきっかけだ。男同誌のファンだったが、女性の優雅と気品を尊ぶ資生堂デザインで育った私に、男の野蛮と低予算を旨とする（と見えました）「本の雑誌」の表紙が作れるかと緊張した。条件はただ一つ、沢野ひとしさんのイラストをつかうこと。

リニューアルを印象づけるにはまず誌名ロゴを新しくするのが一番だ。二案つくって椎名さん、目黒考二さんに見せるとウームと眺め、どちらが良いかと聞かれて答え、そちらになった。このロゴは二〇二〇年一一月号まで使われた。

その月刊第一号一九八八年五月号から一九九六年一二月号まで八年間、毎年アイデアを変えて一〇四冊の表紙を手掛け、目次や連載コラムなど誌面全体のアートディレクションもさせてもらい、もともと活字好きだった私は自由な社風のもとに存分に楽しんだ。

そんなある日、編集部の杉江さんから「ウチでも何か出しませんか」と言われ、自分がここから本を出すとは思ってもいなかったので喜んだ。章タイトルを歌謡曲名にしたのは私の趣味。書名「月の下のカウンター」はつけていただいた。

そのとき書き下ろしたのが、「祖父と父」だ。今回読み返し、これを書いておいて良かったと思った。

初刊のときと同じく、この一冊も父の写真の前に置こう。

令和三年三月

太田和彦

小学館文庫
好評既刊

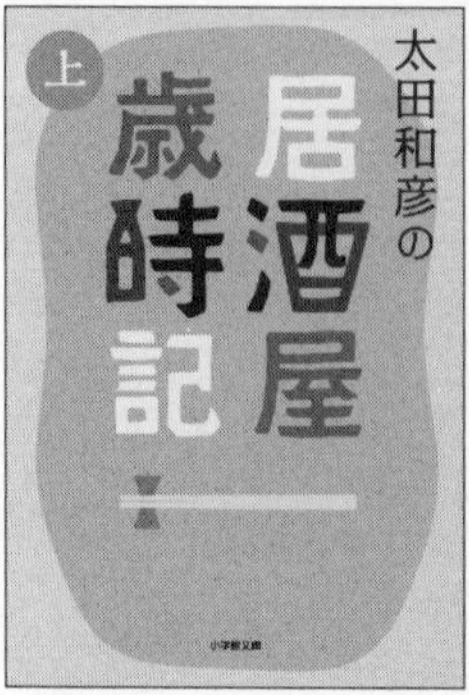

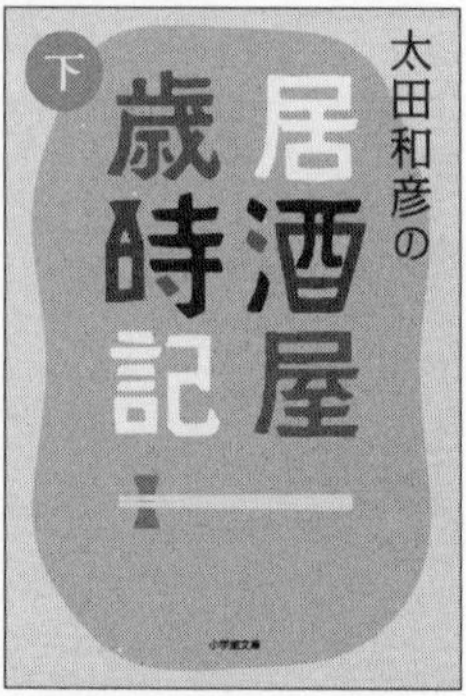

太田和彦の居酒屋歳時記 上·下

太田 和彦

ISBN978-4-09-406357-8
ISBN978-4-09-406358-5

小学館文庫
好評既刊

関西で飲もう〜京都、大阪、そして神戸

太田 和彦

ISBN978-4-09-406569-5

―――本書のプロフィール―――

本書は、二〇一〇年九月十五日に本の雑誌社より刊行された『月の下のカウンター』を元に加筆修正し、新たに未収録コラムも加えて文庫化しました。